do: "tienes manos de campesina italiana", pero vivas para moverse por todos los lugares que ambicionen, hasta volverse de veras muy viejas, temblonas y cubiertas de pecas, arrugada su piel como cebolla. ¿Cómo tendré las manos cuando muera? ¿Agradecidas? De cuántas cosas tendrían que estar agradecidas. Vieja como una araña, abandonada en el sol, mirando a los volcanes, cínicos, eternos, triunfando una vez más sobre otra vida humana. Así podría morirme a los noventa y nueve, y estaría agradecida con la muerte. Agradecidas yo y mis manos viejas que habrán tocado casi todo lo que alguna vez ambicioné.

Pero puedo morirme el año próximo, aunque este hombre con el que sueño corra a tocar madera y convoque de golpe todas mis vanidades. Entonces me habré perdido de las madrugadas interrumpidas que me depare el año, del viaje en velero que aún tengo pendiente, de la boda de mi hija, y la nuera que me depare mi hijo, de la estancia en Boston y las flores de mango que perfuman el jardín de Antonio Hass en Sinaloa. Me habré perdido del estudio junto al río, de la compra inútil de una casa ruinosa en la cuatro poniente, de cambiar el piso de madera que se ha levantado en el comedor, de la película que harán con un libro cuya historia me dicen que escribí hace diez años, de alguien que pueda serlo diciendo que no le interesa ser presidente de la república, de los jacarandaes floreando durante todas las semanas santas que podría yo ver entre mis cuarenta y cinco y mis cien, del pastel de cumpleaños que me hará mi bisnieta Catalina cuando cumpla ciento uno. Me perdería también de un sinnúmero de desfalcos interiores y de muchas más devastaciones externas, pero si he de escoger a ciegas, la nada o lo que siga, prefiero sin la menor duda cualquiera de las cosas que al mundo se le ocurra que me sigan.

Es fácil fantasear con la propia muerte, cuando no es sino eso: una amenaza que sentimos remota, que podemos colocar lejísimo, entre dos montañas y los ciento veinte años,

15

sobre el mar y los noventa y cuatro, sólo a ratos, arriesgándose mucho, a un día o diez de distancia deleble. Con la muerte de otros no jugamos, porque la muerte ajena es una experiencia horrible que ya conocemos, la nuestra sólo es sueño, pesadilla, remedio de todos tan temido.

Si hemos de fantasear con la muerte, mejor elegir la propia y elegirla remota, como la imagina todo el que vive, porque de otro modo no se podría vivir. Y de eso nada más se trata este asunto que nos tiene pendientes de cada amanecer y cada noche, llegando como un privilegio diario a tocarnos la frente para darnos permiso de seguir en la bendita lidia, como si hacerlo fuera mérito nuestro y no arbitraria generosidad del mundo que nos cobija.

Don de sobrevivencia

Tenía en los brazos las alas de una golondrina y toda ella, desde los pies infalibles hasta los ojos tristes, estaba tocada por la gracia de una diosa antigua. No la olvido con el paso del tiempo, al contrario. El recuerdo de su afán guerrero, engarzado en un cuerpo con el que bailaba como quien dice una oración, a veces me toma un amanecer y me llena de preguntas el día, como si apenas acabaran de avisarme que decidió no vivir más. Era muy joven, y si un defecto tuvo, fue el de no haberse esperado a envejecer para mirar los desfalcos de la vida con ironía, el de no quedarse a desear sin más, que el tiempo la pusiera en el brete, le concediera el sosiego, de traicionar las pasiones y tristezas que la herían entonces. No se lo dije cuando debí, porque yo misma no había entendido que sólo se trata de eso, de sobrevivir con regocijo al desvarío en que a veces nos colocan las pasiones que consideramos más irrevocables. Tal vez por esto, la pena sin tamiz con que la pienso, esté tocada por la culpa. No supe convencerla a tiempo de que el mundo, por insoportable que parezca un día, recobra al siguiente, quién sabe ni cómo, hasta el último de sus encantos.

Cada quien encuentra sus ensalmos para arraigar en sí

mismo el empeño de seguir con la vida, yo aún tengo uno en la evocación de Cinthia. Viéndola bailar, a solas, sin siquiera imaginarse observada, una tarde de abril entre las altas paredes del salón que albergaba sus clases, entendí que su índole estaba cruzada por la fiebre de quienes viven el arte como una religión. No era lo excepcional la fuerza de sus piernas, sino el delirio con que sus brazos rompían el aire y el espíritu iluminado que le tomaba el gesto haciéndola parecer un sortilegio. Cualquiera que la hubiese visto esa tarde, estaría dispuesto a afirmar que la vida vale la pena y tendrá dichas, mientras haya en el mundo seres capaces de producir tal magia. Creo ahora que todo lo que a ella le hubiera hecho falta, era poder mirarse en un espejo como quien mira el horizonte. Un espejo que debió decirle entonces, lo que dicen las hadas cuando prometen el futuro como ese inexorable territorio donde cabe todo lo que aún no hemos podido tocar.

Hay que oír a esas hadas para negarse al presente como una verdad sin remedio. Hay que mirar nuestro país en un espejo, para reconocerlo como el único y mejor horizonte que tenemos, como el territorio en que otros han conseguido el arte de la sobrevivencia, muchas veces antes de que nosotros nos dejáramos entrar a la retahíla de pesares y ansiedad que nos han tomado por su cuenta en los últimos tiempos. No tenemos derecho al suicidio, porque no importan sólo nuestras desgracias de ahora, sino el esfuerzo que otros hicieron por sortear tragedias mayores. Estamos comprometidos con ellos y con las mil imágenes que ha puesto en el espejo de las hadas este país al cual, para nuestra fortuna, nos ha tocado darle vida por un instante.

Paisaje antes de la batalla

Hay años que no agrietarán nuestro futuro con el recuerdo de un misterio que aún nos duela, tampoco lo estremecerán evocando el inicio de una pasión ingobernable. Años cuyos días sosegados nos hicieron vivir en la fiera anormalidad de lo que llamamos normal, cuyas tardes volverán juntas, como si hubieran sido iguales, como si nada excepcional las hubiera tocado, como si no fueran excepcionales en su aparente monotonía, en su ir y volver con los mismos deberes y los mismos placeres irrepetibles.

Este 1993 que languidece con su prensa llena de horrores y sometida a presagios previsibles, que hambrea y angustia y descobija a unos, que ha traído arrebato, amores y presagios a otros, ha pasado sin revuelo por las vidas estupefactas de algunos entre los que me cuento.

Nada horrible nos turbó, nada nos hizo creer dueños de la luz que palpita en las estrellas. Ni nos tiró la desgracia ni nos arrebató la dicha, sólo cruzó la vida por nuestro lomo y no se llevó con ella ni el sosiego ni la esperanza.

Tampoco es que hayamos perdido la gastritis, ni que el tiempo nos haya cubierto de tedio mientras tejíamos tras la ventana viendo el mismo paisaje. Es sólo que hemos gozado

19

de lo que podríamos llamar un año flojo. Un año durante el cual nuestro destino no se antojó trasladable al argumento de una novela, ni al guión de una película, ni siquiera al relleno de una teleserie.

Como se entiende, 1993 ha sido uno de esos años por los que algún día sentiremos nostalgia cuando los niños eran niños, cuando los amigos se desvelaban hasta hartarnos, cuando escribir era un deber como el colegio, cuando no íbamos a la calle por el gusto de no ir, cuando nos alegraba la llegada de Jodie Foster a una película nueva en el videoclub, cuando estaba de moda la comida japonesa, cuando odiábamos a los caballos que ensuciaban el Parque México, cuando el smog de muchas mañanas nos impedía caminar por Chapultepec, cuando nos quitábamos el dolor de cabeza con Sydolil, cuando Lola me llevó al club de precios, cuando fuimos a Ixtapa como si fuéramos importantes, cuando se inauguró el nuevo Salón México y llegó al mercadito el control turbo para el Súper Nintendo, cuando los hijos impidieron que su papá se comprara un Spirit y la mamá se cayó de los patines por última vez. Cuando nació Mercedes con sus ojos achinados y su sentencia del Mahabarata bajo el brazo:

—¿Y qué es inevitable para todos nosotros? —preguntó la fuente.

—La felicidad —dijo el muchacho.

Cuántas cosas con las que entibiaremos los recuerdos pasan en los supuestos años flojos. Cuántas cosas sé de cierto que no quiero olvidar.

* * *

Me cuenta Bruno Estañol, con su tono irónico y su voz decantando las palabras, que 1993 es el aniversario de la muerte de Charcot. Se detiene como si evocara algo imprescindible y sigue:

"Una vez le dijeron a Charcot:

—Oiga, lo que estudia usted es una cosa muy extraña.

—Sí —contestó él— pero eso no le impide existir.

Se referían a la histeria", dice Bruno y cierra su anécdota con una sonrisa. Bruno nunca habla de más, por eso aún sigo pensando qué otra cosa habría aparte de lo que dijo.

* * *

Caminamos por un panteón en San Juan de Puerto Rico. El primer panteón que se hizo fuera de las murallas, frente al mar como un acertijo. Para entrar hemos brincado la barda Sonia Cabanillas, la encargada del Departamento de Literatura de la universidad que me ha invitado a ese país de prodigio, Juan, el único hombre que da clases en ese departamento, Conchita Ortega y yo con mi despiste. Andamos de tumba en tumba buscando a Daniel Santos.

—¡Aquí está! —grita Juan como si se lo hubiera encontrado cantando en el teatro Blanquita. Las demás corremos hasta el hueco en el pasto sobre el que aparece su nombre. Todavía no hay una lápida formal. Hay sólo una cruz de madera, unas flores de plástico rojo y un caset con su foto amarrado a la cruz con un mecate. Ahí abajo está Daniel Santos. ¿Cómo le estará yendo a él, que tantas penas de madrugada nos acompañó?

Maicha está en el hospital, la operaron. Ya no sabe qué hacer consigo.

—¿Cómo vas? —le pregunto una madrugada.

—Mal —me contesta—. Pero sabes lo que te digo, cuando más oscuro está es porque ya va a amanecer.

Mateo llega del colegio y entra en mi cuarto. Se muerde una sonrisa que no quiere dejarme y me tira un papel cuadriculado que firma la niña rubita de la que a veces le oigo hablar con su amigo Federico.

—Ya somos novios —me dice y se va a jugar basket.

Tiene los hombros erguidos de mi abuelo materno y la

barba partida de su abuelo paterno. Tiene un caminado tan suyo como la camiseta negra de los Bulls que de tanto usar a veces se confunde con su piel. Nos trae muertas a la rubita y a mí.

* * *

Veo la laguna de San Baltazar y me estremezco. Todavía me cuesta creer que ha vuelto a estar ahí. De niños nos llevaban a buscar ajolotes en su ladera. No quedaba dentro de la ciudad, sólo era el paseo más cercano. Después, las casas la sitiaron y un fraccionamiento se la comió. No volvimos a pensar en ella.

No está bien el plural. Debo decir yo no volví a pensar en ella, Verónica sí. Hace cuatro años me llevó a ver el basurero que crecía dentro.

—Se draga, se limpia, llueve y volvemos a tener laguna —dijo con su voz apresurada que en cuanto acaba de decir se calla y ejecuta.

Regresó la laguna y es extraño, pero está más bonita que la de mis recuerdos. Tiene árboles alrededor, muchos peces colorados, demasiados patos, dos changos, pequeñas garzas de temporada, un camino de grava para darle la vuelta y lanchas para cruzarla con un remo. Verónica es mi hermana la chica, pero siempre hizo las cosas más rápido que yo. Y siempre he sentido por ella la admiración que se le tiene a la hermana mayor.

Converso con la mamá de una compañera del colegio de Catalina. Estamos adormiladas y friolentas esperando a que el camión en que nuestras hijas se irán de campamento despegue con su carga preciosa. Las niñas están adentro y se han olvidado de nosotras. Tienen el futuro y la curiosidad, ¿para qué iban a necesitarnos?

Yo estoy desvelada y me quejo. Siempre abro los ojos antes de las siete. No importa la hora en que me acueste. Si fue a las once dormí ocho horas, si fue a las cinco dormí dos. No hay manera.

—Ay no —me dice la mamá—, a mí no me pasa eso. Yo soy normal.

El autobús hace mucho ruido y arranca como un dragón, dejándonos huérfanas. Son las siete y media. El día está gris, me muero del sueño, pero ni hago el intento de volver a mi cama. Yo no soy normal.

* * *

En casa de los Sauri el corredor del segundo piso es un espejo apretujado de plantas y flores por el que entra el sol de un modo casi violento. Asida al pretil de una maceta Emilia se para por primera vez y da un paso levantando la cabeza como una bailarina. Mientras, su madre la mira inundada en la sal de dos lágrimas enormes.

—¡Qué logro! ¡Qué adelanto! Por fin, después de setenta cuartillas, consigo que Emilia Sauri deje de ser una bebé. ¿Alguna vez podré empezar a contar cómo pierde al amor de su vida?

* * *

Completa esta imagen la de una tarde en que mi madre que pasa dos días de visita en casa, me pide que le lea algo del libro que estoy escribiendo. Saco las cuartillas que se amontonan en un folder azul. Leo a saltos, un poco de un capítulo y un poco de otro para no aburrirla. Después de un rato me detengo y la observo. Tengo la sensación de que he vuelto a los seis años. Ella me mira como me veía entonces, tal vez con más indulgencia todavía.

—Qué bonito escribes, hija —me dice—. Qué bonito está eso. Te felicito, mi amor. Y dime, ¿en algún momento va a pasar algo?

* * *

Estamos en la papelería más bonita de toda la ciudad. Queda en Polanco y visitarla es como ir a Nueva York. Ya hemos comprado todos los cuadernos, lápices, etiquetas, crayones, sobres, tijeras y estuches que necesitamos. Ya hemos comprado también las cosas que tal vez necesitemos.

Catalina quiere escoger el papel con el que forrará sus libros de cuarto año. A su salón le tocó el color amarillo, pero ella se empeña en que no sea cualquier amarillo. Así que estamos recargadas sobre el mostrador de los papeles, viendo muestrarios.

—Cati —le digo bajito—. A tu izquierda hay un muchacho guapísimo.

Ella tiene nueve años, pero ya sabe mirar de reojo y aprisa. Es lista y escurridiza como una ardilla. Huele su piel a dulces y cuando platica le brillan los ojos. No me contesta. Olfatea el papel, lo toca de un lado y otro, lo mira de cerca y de lejos. Luego me dice sin dejar de ver el muestrario:

—Aich mamá, ya tiene canas.

En el centro de la Rotonda de los Hombres Ilustres hay una llama siempre encendida hasta la cual bajan en círculo las escaleras. Le doy una vuelta caminando muy despacio y luego me siento en el primer escalón. Llego ahí a recordar, aunque ya sé que nunca se me olvida.

* * *

Voy con Rosario y su papá a comprar un piano para nuestra casa. Es la cuarta vez que visito la tienda de venta, renta y consignación de pianos suspendida en medio del ruido atroz que hace el eje vial donde antes estuvo la Avenida Tacubaya.

Es una especie de gran vitrina, un cuarto encristalado en

el que los pianos de cola se codean presumiendo su alcurnia y enseñando sus teclados a la escéptica banqueta por la que sólo cruzan los sonoros arpegios de uno que otro albur.

Rosario es tímida y febril como una heroína del romanticismo. Toca en el piano de más noble estirpe el primer movimiento de una dificilísima sonata de Bach. Se la podría uno llevar así, entera, con todo y su música y su melenita despeinada y su gesto afligido. De repente se detiene, quita las manos de las teclas y nos mira. Faltan dos semanas para su examen de ingreso a la Escuela Nacional de Música.

En el salón de atrás, amontonados como trebejos en la penumbra, hay varios pianos verticales, algunos de abolengo. Están como durmiendo, aburridos de mirarse y ser vistos como si sólo fueran muebles, como si no trajeran dentro los sueños y el delirio de quienes hicieron música con ellos.

Ahí nos encontramos al Zeitter Winkelmann del año 1912. El año en que nació Ionesco, el año en que Picasso pintó *El violín,* el año en que Ravel terminó *Dafnis y Cloe,* el año en que se hundió el Titanic, el único año completo que gobernó el país don Francisco I. Madero.

Cualquier año es bueno para nacer, todos acarrean prodigios y desventuras. El papá de Rosario compra el piano para nuestra casa, y yo lo bendigo. ¿Quién me iba a decir a mí que alguna vez me comprarían un piano?

* * *

Ema Rizo sabe y ha enseñado muchas cosas a lo largo de su vida. Desde un doctorado en el absurdo cotidiano hasta una maestría en literatura tiene en su haber. Sin embargo, nada tiene ni tendrá nunca más excepcional que un tesoro que ha sabido cultivar como nadie.

—Fíjate que tengo un tumorcito —me confesó una tarde de éstas bajo el cielo más azul del año.

—¿Maligno? ¿En dónde? —le pregunto al ver el espanto como un pájaro sobre sus ojos.

—Sí, en el pulmón —me contesta soltando al cielo su risa como un conjuro sin tregua.

* * *

Estoy peinando a Catalina que se mira en el espejo y protesta, siempre protesta cuando la peino, pero todas las mañanas aparece inequívoca y puntual con el cepillo rojo en una mano y el blanco en la otra, ¿me haces la cola?

—¿Ya se volvió a trabar tu novela? —me pregunta cuando no le respondo de inmediato a otra pregunta.

—Ya —le contesto mirándome en el espejo en que se mira. Tengo cara de loca de manicomio, no de una loca cualquiera. ¿Qué otra cara se puede tener a las siete de la mañana de un día que no promete sino trabazones?

—Haz como en las telenovelas —me dice con su cara de docta en la materia—. Repítele y repítele y repítele hasta que se destrabe. Mira —dice moviendo la mano— ahí pasan dos semanas en lo mismo y se dan otra destrabadita, otra vez dos semanas en lo mismo y otra destrabadita, hasta que por fin ayer se encontraron Juan y Mónica. Repítele. A la gente le gusta eso.

—¿Tú crees? ¿Cuándo me vas a dejar que te peine de coletas?

—Nunca —me contesta yendo a ponerse la mochila en la espalda. Luego alcanza a darme un beso y se va.

—Cati —la llamo cuando abre la puerta de la calle. Pero ya no me oye, va corriendo tras el hermano porque son cinco para las ocho.

—Creo —le digo al devorador de periódicos con el que me encuentro en el comedor— que uno nunca debe perder la oportunidad de discutir una teoría literaria.

26

Soñar una novela

La primera vez que pensé en ella, Emilia Sauri estaba sentada en el patio trasero de su casa, dándoles de comer a unas gallinas inquietas y blanquísimas. Su falda recogida dejaba ver unas piernas fuertes y largas como después las tuvo. Tenía los ojos de almendras, amplia la palma de las manos, olía a sahumerio y a yerba clara. Sobre su cabeza vagabundeaba una luna recién amanecida y una estrella crecía en su entrepierna mientras su imaginación invocaba a un hombre con el que no dormía.

Emilia Sauri sería una mujer presa de dos pasiones. Doméstica y audaz, suave pero beligerante. Tendría una casa grande llena de hijos y parientes, un marido deseado, generoso y trabajador como el agua, un amante cuya historia yo no sabía de cierto, ni quería conocer sino hasta la mañana en que irrumpiera a medio libro para alzarnos en vilo a ella y a mí. Impertinente y desordenado, con los hombros caídos y la cabeza prediciendo portentos.

Para fortuna de ella y mía, Emilia Sauri nunca tuvo gallinas. La siguiente vez que la vi, dilucidaba sin tregua si era verdad o era que un sueño la había puesto a querer a dos hombres al mismo tiempo, con la misma vehemencia, con el intacto deseo por uno y otro, sin más dolor que un enigma de horarios y amaneceres. ¿Cómo se puede querer a dos hombres y hacerse al ánimo de amanecer sólo con uno? Emilia Sauri se daría este problema y otros le iría dando la vida que se me fue ocurriendo a partir de la tarde en que sus padres la engendraron por fin, tras mucho irla buscando.

Diego Sauri, su padre, sería un hombre de mar, atado a la traición de no escucharlo por vivir bajo dos volcanes y en el seno de una mujer consoladora y cuerda, cuya cintura breve no perdería la forma con los años de trifulca y amores que le esperaban. Josefa Veytia, su madre, apareció una mañana en un café de Veracruz junto a su incansable hermana Milagros. Pero todo esto pasó mucho después de aquellas vacaciones de Semana Santa en que vi a Emilia Sauri rodeada de gallinas y quise como nada escribir una historia para ella. ¿Cómo sería que en lugar de gallinas su padre tuvo a bien heredarle una botica llena de frascos pequeños y tarros de porcelana? No sé, tal vez mi ambición de pasado se siente mejor entre jarabes de ruibarbo y pastillas de tolú que entre gallinas y palomas mensajeras. Quizá cuando busqué una pasión para Diego Sauri, él aún vivía en una isla cuyo verde silencioso necesitaba más de un curandero que de un apicultor. ¿Cómo sería que Emilia fue naciendo a finales de un siglo carcomido como el nuestro, como todos los siglos, por el abuso, la esperanza y la sinrazón? ¿Cómo es que fue creciendo hasta dar con la juventud y la guerra? No sé. Tantas cosas pasan durante un libro, tanta ocurrencia y tanto afán caben en trescientas cuartillas, que cuando me preguntan de qué se trata el libro que apenas terminé, siento el temor de que sea posible decir en diez palabras todo lo que fui diciendo durante años de llegar puntual como a ninguna parte, al cuarto cuyo silencio exorcizo con el diario deber de inventar una historia. Ese y ningún otro trabajo me ha dado la vida. Nunca aprendí a bordar, jamás me alcanzó el talento para tocar el piano, no imaginé siquiera la posibilidad de liarme con la ingeniería, no sabría administrar una empresa, ni obedecer a mi partido o a mi jefe, no se me ocurre cómo salvar la ecología y sé de medicina lo que mi ansia de médico me ha enseñado a leer en el vademecum. No he podido jamás memorizar dos renglones de una ley, no sabría llevar las cuentas de una tienda, ni soy capaz de vender un paraguas en mitad de un aguacero. No me quejo de todas mis carencias, escribir es un oficio que enmienda casi cualquier mal. Escribiendo en los últimos años he podido sentir a una mujer con la voz de ángel que no tengo, he conseguido enamorarme de diez hombres con toda mi alma, he recuperado al padre que perdí un amanecer, he convivido con él y su gusto por la ópera, la política y el buen vino, como si él fuera el boticario Sauri y yo albergara el inocente fervor de su hija Emilia. He sido cuerda como Josefa y desmesurada como Milagros Veytia. He tenido un tío rico que me hereda una casa colonial y he jugado por fin junto a la fuente que había en el jardín de mi bisabuelo. Es más, lo he conocido, he aprendido de sus palabras cómo curar heridas, cómo reconocer gravedades, cómo sacar hijos de las panzas azules en que los guardan sus madres. Escribiendo *Mal de amores* —el libro que apenas terminé hace seis meses y que ya extraño como a un mundo perdido para siempre—, me subí a los trenes de la revolución, me hice médico, curandera, adivino, aldeana, general, cura, librero, guerrillera, amante de un hombre que me necesita y de otro que no sabe lo que quiere. Ahora que la novela se ha quedado en manos de otros, que la han leído ya los tres lectores a los que más temo, y los tres que mejor me perdonan. Ahora que ya está vendida a los editores y que empiezan a llegar las cuidadosas cartas de los traductores, me ha tomado una nostalgia de todo ese mundo entre álgido y beatífico en que viví mientras la escribía, echando maldiciones, durmiendo mal, abrumando a los otros con el pesar de quien un día sí y otro también se siente perdida en una realidad extraña y ardua que quién sabe cómo la atrapó y quién sabe cuándo pensará soltarla.

¿Qué es hacer un libro? ¿Para qué hacer un libro? Los libros son objetos solitarios, sólo se cumplen si otro los abre, sólo existen si hay quien está dispuesto a perderse en ellos. Quienes hacemos libros nunca estamos seguros de que habrá quien le dé sentido a nuestro quehacer. Escribimos un día aterrados y otro dichosos, como quien camina por el borde de un abismo. ¿A quién le importará todo esto? ¿Será que habrá quien llore las muertes que hemos llorado? ¿Habrá quien le tema al deseo, quien lo consienta y lo urja con nosotros? ¿Para qué hacer una novela de costumbres? ¿A quien conmoverá el olor a sopa caliente bajando por las escaleras que sube un aventurero como Daniel Cuenca? ¿Quién apreciará el silencio anticuado y valiente de Antonio Zavalza? ¿Valdrá la pena leer diez libros sobre yerbas y menjurjes para encontrar dos nombres que hagan creíble media página?

Empecé a escribir la novela para Emilia Sauri casi un año después de verla y ambicionarla por primera vez. Era enero de 1993. Decidí que Emilia Sauri naciera justo cien años antes porque quise pensar la vida en esos tiempos, entre otras cosas porque fueron años de riesgo y sueños que parecían remotos. No imaginaba tiempo más distinto del nuestro. No supe sino después de muchos meses de lectura, cuánto ignoraba de lo que según yo todo mexicano sabe como su nombre. ¿Qué pasaba en nuestro país durante los años anteriores a la guerra civil? ¿Qué era el Porfiriato además de un período de treinta años en el que gobernó un general llamado Porfirio Díaz? ¿De qué vivía la gente, qué profesión elegía, quiénes no podían elegir y quiénes no elegían porque ni eso necesitaban? ¿En dónde estudiaban los niños de clase media, qué jabón usaban, qué médicos veían, qué medicinas tomaban, qué diversiones los acunaron, en qué viajaban? Después, a la novela, sólo pasó el perfume remoto de eso que aprendí. No hacía falta más. Al parecer no se necesitaba la especialización en héroes y convocatorias, proclamas y manifestaciones que cruzaron la historia patria entre 1893 y

1917. Sin embargo, no me hubiera atrevido a creerme la novela sin tenerla. Aunque al corregir hayan quedado sólo dos o tres menciones de todo aquel enjambre. Obtuve, en cambio, del presente que se nos fue imponiendo, materia de reflexión y anécdotas para temblar por un pasado que a veces parece de regreso.

Cumplí con el deber de inventar cada mañana un mundo y escribí para sentir que mejoraba el presente invocando el pasado, para asegurarme de que la vida ha sido difícil y hermosa muchas veces antes de ahora, para recordar que no tiene remedio y que más de uno se empeña en que lo tenga a pesar de saber con meridiana claridad que de nada sirve su empeño.

No eran iguales todas las mañanas, por más que los de afuera me vieran sentada igual, torcida igual sobre la máquina igual, irritada con el ruido igual, oyendo la igual Ave María. Cada día era un tormento o una feria y nunca era predecible lo que me esperaba. Ahora, sin embargo, recuerdo esos días aún cercanos con la misma nostalgia con que se recuerdan los remotos tiempos de vino y rosas. En eso, escribir sí se parece a un parto. No puedo evocar ni uno solo de los malos momentos, sino fuera porque están para recordármelos quienes me oyeron quejarme y maldecir mi suerte a toda hora, yo diría que nunca la he pasado mejor que en los tiempos, la casa, y el país de los Sauri.

Me cuesta hablar de mi obsesión por las palabras, por el modo en que suenan y se combinan, por cuántos adjetivos sobran y cuál es el imprescindible. Todo eso es lo que yo llamaría la parte más secreta de mi vida privada. Que las cosas parezcan naturales requiere de un artificio peligroso. Que carezcan de artificio puede resultar aun más peligroso. Tengo vicio por los sonidos, gusto por oír las palabras redondas, cobijadoras, tibias. Escribo desde el principio pensando que tal vez nunca regrese al texto, pero inútil, cien veces regreso y mil volvería para seguir dándole vueltas. Empecé queriendo una novela centrada en los deseos y ambigüedades de una mujer y quién sabe cómo esta mujer y sus deseos quedaron dentro de una historia menos asible, más complicada. Yo imaginé a Emilia Sauri, primero como una mujer de treinta y siete años que no sabe qué hacer con los vericuetos de su corazón, después como una anciana que recuerda frente a una nieta preguntona. No importaba la política, ni se sabía de guerras en su entorno. En la novela que acabo de terminar, Emilia Sauri nunca nos muestra sus años treinta. Conocemos en cambio a sus padres con todo y amigos, familia, fantasías, ambiciones políticas y líos educativos. Recorremos con Emilia la infancia y la primera juventud, no la segunda. Asistimos a la guerra que jugó con su vida. No sabemos si tuvo gallinas, ni cómo creció a sus hijos. Tampoco habla nunca con su nieta. Esas cuartillas se quedaron afuera, sobraban a pesar de existir con tanta contundencia en mi cabeza. De ahí que la estructura del libro se volviera un problema. No recuerdo, porque no le conviene a mi actual afán de tranquilidad, la desesperación que me agitó durante los meses en que convencida de que el libro era muy largo, daba explicaciones innecesarias y andaba caminos que podían evitarse, acepté buscarle un orden distinto. Hubo noches en que despertaba segura de que de tanto borrar lo había borrado todo. Hubo otras en que no pude dormir, pensando en si sería mejor dedicarme a dar clases de lentitud y meditación. Y hubo unas peores. Unas en las que estuve cierta de que nadie me aceptaría como alumna del primer grado de yoga. Si alguno de esos días hubiera invadido mi casa la familia de ratones que llegó la semana pasada, me hubiera vuelto loca. Por fortuna el azar y la lluvia supieron esperar. No a que yo terminara el libro, los libros nunca se terminan, pero sí a que me desprendiera de él. Muchas cosas, arduas e incomprensibles pasaron en el país mientras tuve media cabeza tomada por la fuerza de una realidad que a nadie sino a mí le importaba y que de nadie si no de mí dependía. Ahora que llevo un mes y medio mirando sin filtros la vida que nos aflige, tiemblo de pensar que nuestro futuro pueda parecerse al que trastornó el país de los Sauri. Elegimos modos extraños de convocar y asumir el mundo que nos rodea. Pienso ahora que preferir el pasado, instalar en él las piernas y los ojos de Emilia Sauri, ha sido la manera de soñar que estos tiempos tienen remedio, que no son peores que otros, que nuestros hijos tendrán pasiones, futuro y abismos, como los tuvieron nuestros abuelos y los vamos teniendo nosotros.

Perro mar y ladrones

Esa tarde mis hijos salieron del colegio con la misma frescura de todos los días, litigando en torno a quién se quedaba a la práctica de deportes y quiénes querían bajar con ellos hasta la colonia Condesa y sus calles recién abiertas a la moda. Se acomodaron en la camioneta verde que le había hecho a su madre el favor de ponerla en la realidad: toda mujer con camioneta deja de ser un ente soñador y libertino para llevar consigo a todas partes la imagen de una señora con la cabeza en su sitio que tiene entre sus principales deberes el de manejar un medio de locomoción en el que puedan pasear sus vástagos, con sus bicicletas, sus amigos y sus múltiples e insaciables demandas. Lino, que es el hombre platicador y disperso, a cargo de recoger a la clientela escolar en semejante vehículo, se había estacionado en la puerta de la escuela. Hasta ahí llegaron los niños y la maestra de ojos suaves que los lunes vuelve con ellos como un hada. No bien estuvieron todos instalados con las mochilas en la parte de atrás y el ánimo dispuesto a bajar por Constituyentes ruidosos y discutidores, dos hombres con pistolas los obligaron a bajar y se llevaron a Lino con todo y camioneta.

Cinco minutos después me llamó la maestra. Todo en ella, su voz por encima de todo, trataba de ser apacible y bueno como sus ojos. Los habían asaltado, los niños y ella estaban bien, pero se habían llevado a Lino. Una madre de familia se ofreció a traerlos desde Cuajimalpa. Los vi entrar a la casa como a los hijos pródigos. Puse mi mejor cara, ellos pusieron la cara que mejor pudieron. Nos abrazamos. Por fortuna, al poco rato apareció Lino. Estaba asustadísimo, iracundo, empolvado. Resonaban en su cabeza las amenazas y el roce de la pistola contra su cuerpo. Lo amenazaron con volver a su casa por él y a la nuestra por los niños si hacía cualquier denuncia.

Lo demás lo conoce cualquiera. Está en las conversaciones telefónicas y en las sobremesas de todo aquel que se considere un habitante normal de la ciudad de México. Las autoridades son muy amables, son comedidas, saben cómo son esos asaltos y pueden describirnos trescientos iguales. Desarman los coches o los cobijan en camiones que luego cruzan la frontera sur y bajan su mercancía en países donde hay quien los compra por menos de la mitad de su valor real. Nuestro consuelo es el que reza que nuestro mal es mal de muchos. ¿Consuelo de tontos? Unico consuelo. Actas, denuncias, viajes al seguro, entrevistas con licenciados sonrientes y con policías capaces de hacer preguntas fantásticas —Díganos usted. ¿Los asaltantes tenían tipo de policías?—.

Qué más da. El hecho es que para nuestra fortuna y regocijo no volveremos a ver la camioneta, pero hay mil cosas que agradecerle al destino, los hados, los dioses, la protectora mirada de los muertos a quienes estamos siempre encomendados.

Los asaltantes tuvieron la generosidad de no lastimar a nadie. Bendita sea la vida.

Los ojos de los niños asustados, son sus mismos bellísimos, entrañables, imprescindibles ojos. Nada les pasó. Bendita sea la vida.

Devolvieron a Lino sano y con una historia memorable para su caudal de historias. Bendita sea la vida.

Se llevaron la camioneta. Ya no tenemos otra que nos roben. El trago amargo ya pasó. Bendita sea la vida.

Tenemos un perro que al ver entrar a los niños tiembla y mueve la cola con el mismo intenso, indiscriminado júbilo que pone siempre al verlos entrar. No sabe de dónde vienen, de qué se libraron. Pero todo en él parece también bendecir a la vida que los devuelve.

Llamamos a las abuelas. También bendicen a la vida.

Nos llaman los amigos. Bendita sea la vida.

Voy al dentista. Bendita sea la vida que me otorga lugar y paciencia para dejarme extraer sin más la muela del juicio. Los niños están bien, qué importa tener la cara hinchada y un agujero doliendo como un acantilado junto a la garganta. Bendita sea la vida que nos robaron una camioneta. Mejor sería vivir intocados y dichosos. Pero ya no se puede. ¿O se podría? ¿Debería poderse? ¿En una ciudad donde trescientos niños han rascado un túnel junto al metro Insurgentes para tener en donde dormir cuando les llega la noche?

Voy a la reunión mensual en la comisión de Derechos Humanos del Distrito Federal. No me atrevo a contar mi pérdida, sino como una dicha. Vivimos en esta ciudad, en este país, bendita sea la generosa vida que sólo nos quitó una camioneta. La Comisión tuvo que hacer una recomendación a la Procuraduría del Distrito Federal, tras recibir más de veinte denuncias en torno a órdenes de aprehensión que no se cumplieron. Ordenes en contra de presuntos asesinos, de presuntos violadores, que estuvieron a la mano de la policía, porque se sabía cuál era su dirección y estaba comprobado que no habían huido. Algunos de los acusados incluso trabajaron dentro de la misma policía durante más de un año después de haber sido girada la orden de aprehensión en su contra, algunos, quincena a quincena se presentaron a cobrar. Y aparentemente nadie los vio, nadie los encontró, nadie al parecer tuvo intención de buscarlos.

Así las cosas. Bendita sea la vida que sólo nos robaron una camioneta.

Escalera al cielo

¿Cómo salir de un desconsuelo que empieza en el estupor y termina en la rabia? ¿Invocando a quién? ¿Qué recuerdo? ¿Qué futuro? ¿Qué voz?

Nos lastima una tristeza como sin destino, seca, insultante. Se adueña la tristeza de las horas de comer y de las madrugadas, de las conversaciones con quienes más queremos, de la cabeza y el corazón que no alcanzan para consolar a quien más ha perdido, de las respuestas que no sabemos darles a los niños.

Nos enfrenta el desaliento poniéndonos a discutir todo menos lo que en verdad nos corroe el dolor como una maldición, como un enclave, como un maleficio sin conjuro posible. La pena por encima del trabajo, del amor, del sueño y la esperanza. La tristeza por encima del odio, de la política, del esfuerzo para vivir cada mañana.

Es verdad, no todo es distinto, no se ha roto del todo el mundo en que crecimos, pero se ha roto una parte del que soñamos, del que nos prometimos, del que creímos que merecen nuestros hijos, un país sin los muertos que nuestros abuelos no terminaron de llorar.

¿Cómo llegamos hasta aquí? No sé siquiera si valga la pena preguntárnoslo. Quizá sólo para empezar a imaginarnos cómo salir. Mediante qué propósitos, qué trabajo, qué réplica.

Porque de momento estamos alardeando o enmudecidos, cada uno con su país entre las manos, cada uno contemplando sus pérdidas; cada uno culpando a quien mejor se le ocurre, y casi todos, incluso quienes más argumentan, compartiendo la humillante sensación de saberse sin respuestas.

¿Cómo vamos a impedir que nos persiga la congoja? ¿En qué vamos a convertir la incertidumbre? ¿Qué debemos hacer para sacar del fondo de este sentimiento paralizante el valor que nos ponga otra vez a vivir como si el futuro que otros soñaron fuera nuestro deber y nuestro único empeño?

Voy caminando y mis pasos matizan el silencio del bosque en la mañana tibia. He salido a perseguir la inútil aventura de litigar con la vejez. Cuando llego a la mitad del recorrido que siempre me recorre, una ardilla interrumpe el paisaje idéntico que he ido contando con los ojos. Entonces me doy cuenta de que he caminado tres kilómetros sin levantar la vista de los adoquines, un pie pidiéndole permiso al suelo para mover el otro.

—¡Mamá! ¡Por aquí! —grita uno de los niños.

Andan en su bicicleta y sus patines, me dejaron atrás y han terminado esperándome sentados en el borde de una fuente en la que viven siempre unas ranas de talavera que incansables escupen agua por sus bocas brillantes.

—Mamá, ¿en qué estás pensando? Te ganamos. Hay que subir al castillo por las escaleras.

—¿Por las escaleras? ¿Hoy? —pregunto con horror—. Tú no puedes. Traes la bicicleta —les digo a los ojos oscuros y el cabello despeinado de mi hijo, el que odia las matemáticas.

—La subo cargando —me contesta—. Así es doble ejercicio. Sirve más.

—¿Vas a subir hasta la punta del cerro cargando la bici?

—Claro —me contesta y arranca a pedalear rumbo a las escaleras, seguido de los patines que empujan a su hermana.

—Hoy no —les digo yo cuando han dejado de oírme. Y me entrego a la tortura de caminar casi como el mejor de los marchistas mexicanos para alcanzarlos alguna vez.

Cuando llego al pie de las escaleras, ellos van alcanzando el primer descanso de la subida larga como una noche sin sueño. Uno jala su bicicleta escalón por escalón, sin perder el ritmo. La otra protesta de vez en cuando, porque las ruedas de los patines la tiran hacia adelante. Sube dos escalones en cuatro patas y tres con el talle erguido como una bailarina, pero en medio de su danza voltea para gritarme:

—Córrele, floja.

—La tortuga hablando de caparazones —le digo desde abajo recordando el trabajo que me costó sacarla del cuarto en que dibujaba.

Empiezo a subir de dos en dos hasta alcanzarlos, y cuando los encuentro en el primer descanso, una pequeña rotonda desde la cual se atisba entre los árboles la ciudad iluminada de ozono y quién sabe qué otros gases bajo los que amanece medio cubierta, medio desdibujada, la niña de los patines aprovecha mi jadeo para decir con una sonrisa de perico burlón:

—Ya estás ruca, mamá.

—También los jóvenes envejecen, niñita.

—Eso lo inventó una amiga tuya.

—Pues óyela como sentencia. Y trata de alcanzarme con tus patines virolos —le contesto.

Volvemos a subir escalones. Nos falta la mitad del trayecto y parecen tantísimos.

—El que se pare es un indeciso —dice el niño de la bicicleta que sabe muy bien cuál insulto cala.

—Malditas escaleras. ¿Quién inventó subir las escaleras? —pregunto.

—La primera vez, tú —dice la niña y me hace recordar sus quejas de aquel día.

—Hoy, yo —dice el niño de la bicicleta—. Para saber qué se siente subir con carga.

—¿Y qué se siente, niño necio?

—Lo mismo que sientes tú —me dice. Y yo lo escucho permitiéndome el placer de pensar que he criado un niño filósofo.

—Yo sólo llevo la pelota —quiero decirle, pero no me puedo permitir el olímpico lujo de hablar entre escalones. Sigo subiendo, como si importara, tal vez porque importa.

Tras el último tramo, unas escaleras muy empinadas que suben desde el célebre Instituto de Investigaciones Históricas hasta el aun más célebre castillo que de noche parece volar sobre Chapultepec, llegamos a la puerta custodiada por unos soldados muy solemnes y más aburridos. Faltan cuatro minutos para las nueve de la mañana.

—Por fin —digo yo—. ¿No están exhaustos? —les pregunto a los dueños de los dos rostros chapeados y brillantes.

—Yo ahorita puedo bajar y volver a subir —dice la de los patines moviendo su cola de caballo.

—Yo también —dice el alpinista de la bicicleta.

—Mejor entramos al castillo —digo aún jadeante cerca de la reja.

—Todavía no se puede. Faltan cuatro minutos —contesta uno de los guardias acabando con mi coartada.

—Vamos a bajar, no seas cucha mamá.

—Yo aquí los espero —dice una lengua que habla desde mis pulmones.

—¿Me cuidas la bici? —pregunta el niño filósofo convertido en hijo.

—Te la cuido —contesto viendo cómo se persiguen escaleras abajo.

Un minuto después no sé qué hacer conmigo. Y me siento venir, y me temo, y no me quiero dar permiso de perderme otra vez en los insondables vericuetos por los que empezó mi caminata.

—¿Me cuida la bici? —le pregunto al guardia de la reja echando a correr.

Cómo estará la cosa —me digo— que prefiero seguir a estos dos acertijos antes que volver a la desolación de mis trastabillantes emociones.

Todo, cualquier torbellino antes que abandonarse. Porque lo que le pasa al mundo algo ha de tener que tratar con nosotros. Y si no es así, si no somos protagonistas de la historia, ni es con nuestros deseos y nuestro afán, nuestros riesgos y nuestros sueños como se consiguen las palabras que todo lo nombran, de cualquier modo hay que vivir como si así fuera.

Media hora después, regreso a escuchar con gesto arrepentido la reprimenda que junto con la bicicleta me guarda el militar de la puerta.

Han abierto la reja del castillo. Entramos a mirar el mundo iluminado que late a nuestros pies, como si nada.

—¿Todavía estás triste? —pregunta el de la bici.

—Yo no estaba triste —digo mientras me crece la nariz.

—Ah —contesta el niño.

—Te advertí que no lo iba a aceptar —interviene la niña que es la digna heredera al trono familiar del "te lo dije".

—Entonces —dice el niño—, hay que bajar a la Casa de los Espejos.

—Eso sí que no. La Casa de los Espejos no. Está llena de gente y no me da la gana verme de todos tamaños —digo mientras bajamos el cerro al que ha empezado a llegar el irremediable domingo en Chapultepec.

—Indeciso el último —dice el niño que cruza como un vértigo en su bicicleta.

Un rato después estamos en la cola para entrar a la Casa de los Espejos.

Pero no nos hemos de abandonar, lo que pasa en el mundo algo tiene que ver con nuestro esfuerzo, y si no es así... pienso mientras nos miramos en los espejos tergiversadores y los niños se ríen y otros adultos se ríen como los niños... si no somos protagonistas de la historia, ni es con nuestros deseos como se consiguen las palabras que todo lo nombran...

—La verdad hijo, sí he estado triste —le digo al niño de la bici.

—¿Te gustaron los espejos? —me contesta volteando después los ojos en busca de la niña de los patines con la que apostó mil pesos a favor de mi tristeza.

—Ya oí —le dice la niña—. Toma tus mil pesos.

Tributos a la vida

Quizá una de las más extrañas bendiciones que se digna concedernos la fortuna esté en la tenue luz con que de pronto nos alumbra una ventura esencial. A mí esa luz me mostró en toda su armonía el valor y los talentos de una mujer al mismo tiempo tímida y drástica que yo no sabía ver tan excepcional como es.

Fue una niña de dieces y ojos suaves, de facciones finas y un pocito de luz en cada mejilla. Fue una niña introvertida pero sonriente, indecisa pero firme. Nació en abril de 1924, tres días después de los fusilamientos con los que Alvaro Obregón puso fin a la rebelión contra su gobierno, encabezada por Adolfo de la Huerta. Por entonces, como algo habitual, el país temblaba de vez en vez y la política vivía cruzándose con los vestigios de la larga y reciente guerra. Un mes se acallaba una revuelta, al otro un general se levantaba en Tabasco, una manifestación de locatarios frente al Palacio Nacional era recibida a balazos por la guardia del edificio, los diputados del Congreso Poblano destituían al gobernador a sólo unos meses de que había sucedido a Lombardo Toledano y en la ciudad de México una balacera dentro de la Cámara de Diputados dejaba herido a Luis N. Morones. Como contraparte Alvaro Obregón lanzaba un decreto disponiendo que quedara en suspenso el servicio de la Deuda Pública mientras mejoraban las condiciones del Erario Federal, y se celebraban en toda la República las elecciones que llevaron al poder a Plutarco Elpias Calles. Las catástrofes naturales y las simples catástrofes se sucedían sin rigor y sin tregua, aguaceros y granizadas ocasionaron dos veces la inundación parcial de la ciudad de México, en Tacubaya un incendio consumió un cine lleno de espectadores, una plaga de langosta cayó sobre el Estado de Veracruz, en Coahuila un huracán causó tremendos destrozos, en San Pedro de las Colonias una ventisca derrumbó todos los postes de luz y arrancó de cuajo muchos árboles, en Tampico un ciclón hizo encallar al vapor *Esperanza*. Al mismo tiempo, una implacable vocación de progreso inauguraba en Chapingo la Escuela Nacional de Agricultura y en la Calzada de la Piedad, el Estadio Nacional. A lo largo del año, la eficaz mezcla de fe y jolgorio que mueve a la religión católica se permitía las últimas ostentaciones de su credo. Antes de que irrumpiera, como el más temido de todos los ciclones, la inexorable persecución religiosa de los siguientes años, en abril la Virgen de los Remedios viajó con una procesión desde su santuario parroquial hasta el centro mismo de la república en el altar mayor de la Catedral. A partir del día en que quedó expuesta para la adoración de los fieles, fueron celebrados con gran solemnidad, desde la apertura de un nuevo templo dedicado a San Antonio de Padua, hasta la consagración de varios obispos y arzobispos. Todo sin faltar imposiciones del Sagrado Palio, coronaciones de vírgenes y procesiones callejeras para llegar, en lo más alto de su gloria, al Congreso Eucarístico Nacional. Todos los arzobispos y obispos de la República se reunieron en la Catedral Metropolitana para el solemne y magno evento al que acudieron desde los miembros del cuerpo Diplomático hasta cada una de las órdenes religiosas que había en el país. Misas Pontificiales, reuniones de estudios, asambleas solemnes y demás saraos sufrieron un revés cuando el gobierno consideró que tanto lío violaba las Leyes de Reforma y el presidente de la República ordenó al procurador general que con toda diligencia procediera contra los responsables de un jaleo cuyo poder de convocatoria ponía a temblar el suyo. Entonces debieron suspenderse la peregrinación a la Basílica de Guadalupe y la grandiosa ceremonia en el Parque Lira. No obstante, el Calendario Galván culmina su relación de tales hechos asegurando que el éxito del Congreso fue enorme y que su recuerdo perduraría por siempre en la memoria de todos los mexicanos.

En este mundo abrió los ojos la mujer que hoy invoco. Creció, sin embargo, sin memoria de más tropiezos que los provocados a su timidez por los desórdenes de una escuela mixta y laica, unas raspaduras en las rodillas, contra las que caía, sin remedio, alguna de todas las tardes en que patinaba en ruedas sobre la desierta calle a la que se abría la casa de su infancia y una avidez de justicia que aún provoca exabruptos en su vera. Como a los once años, su padre le tomó una foto vestida de cazadora, sosteniendo una escopeta y hundida en el par de botas con las que él salía a cazar madrugadas. El perro que la acompaña parece orgulloso de su compañía y ella tiene un aire de triunfo y una sonrisa de cielo bajo la cual la imagino viviendo con temor. Como a todos, la juventud la sorprendió inerme, dentro de un cuerpo de diosa y un corazón avergonzado de habitarlo. Temía las voces que iban hablando de su belleza y si hubiera podido esconderse a maldecirla lo habría hecho mil de las tantas veces en que su madre la contempló orgulloso de su creación, segura de que nada más le haría falta en la vida. Tenía las piernas largas y la cintura quebradiza, unos brazos de niña acróbata y una cara como las de los ángeles, dibujada con deleite por el Dios de su madre y el azar en que creía su padre. Con semejantes atributos, la vida cercó su sombra tantas veces como hombres se acercaron a mirarla con la codicia de un abrazo entre los ojos. Así las cosas, se hundió en los quehaceres de la Acción Católica y vivía junto con su hermana Alicia, perdida en una nube de niños desarrapados y medio hambrientos a los que enseñaba el catecismo que había vuelto a encontrar esplendor y permiso de tránsito. Dice que la educaron para encontrar en otros el orden de su propia vida, para casarse y resolver sin más la busca del sustento y el destino que cada quien ha de buscar según sus luces. Aun su padre, que la enseñó a esquiar sobre un lago y que gozaba escuchando su sueño de convertirse en bailarina profesional, tenía la certidumbre de que su hija debía buscar la vida cerca de un hombre rico y alto, poderoso y audaz como era necesario que los hombres fueran. En la siguiente fotografía que guardó de su hija, ella está en el jardín dándole una sonrisa más culpable que triunfal en medio de los treinta ramos de flores que recibió un día de su santo. No le gustaba el destino sencillo y ruin de una mujer que se casa con el éxito de otro. No pudo hacer un sitio en los entresijos de su corazón que les diera a sus padres el gran susto de verla bien colocada. Se enamoró muy joven de un imposible al que lloraba enfurecida tras las noches de baile y serenatas. Ese hombre fue muy joven y muy tonto para saber la luz que abandonaba. Tuvo después un novio de ojos claros que había amado su brillo desde niño, al que obligó a marcharse la mañana de sol en que lo vio muy guapo besándole la mano a una gringa de cabellos brillantes que pasaba el verano con su familia. Y no hubo serenata con piano, ni discurso, ni alhaja, que aplacara la furia que aún revuelve a nuestra dama siempre que la deslealtad cerca sus ojos.

Aún temía que el desasosiego fuera a seguirla siempre cuando dio con la pluma y las palabras de un hombre doce años mayor que ella, que volvía de la guerra en Europa con la sonrisa de un héroe lastimado, las bolsas vacías y los ojos oscuros como una clara promesa de infinito. Se casó con él, por las buenas razones y las necesarias sinrazones, lo quiso con la lealtad y la enjundia de una reina, le dio cinco hijos, más de veinte años de sueños y una luz que lo mantuvo vivo por tanto tiempo como le fue posible estar junto a ella. Cuando murió, ella sintió que no le había querido suficiente, que más se merecían su mirada y su afán, su inteligencia y sus bondades. Sus hijos la trataron a veces como si de un llamado suyo hubiera dependido que él no muriera y ella, loca de amor por ellos y por él, aceptó sin reparo aquel equívoco. Hasta que el tiempo con su dosis de cordura condujo a un nuevo acuerdo a la familia entera: el hombre que muere de una embolia, no abandona, no olvida, no escapa, no se negó a vivir, sólo se muere. Y el abismo de su ausencia puede paliarse algunas tardes de domingo, rindiéndole homenaje a su mejor herencia en el placer de una conversación bienaventurada.

La mujer, la mamá, la niña que aún carga una escopeta reencontró en alguna de aquellas conversaciones y en el lujo de su desaforado espíritu, el deseo de saber con que había acompañado a sus hijos por los desfalcos de cinco preparatorias y cinco universidades. Tenía sesenta años cuando ingresó a la preparatoria, más ávida y febril que ninguno de sus adolescentes compañeros. Y como si tuviera diecisiete, con mucho menos tedio y temor del que enfrentaron sus hijos en las clases de física, estudió los tres años de educación abierta que necesitaba para entrar a la universidad. Después, fresca y ágil pasó cinco acudiendo a estudiar antropología en la Universidad Autónoma de Puebla, hasta que una mañana de nuestras iluminadas primaveras acudió con el delirio a cuestas, a presentar su examen profesional. Les había dicho a sus hijos que no quería invitarlos, sólo le importaba que lo supieran, pero no quería verlos porque estaría nerviosa, equivocándose, y prefería que todo transcurriera en la paz cotidiana de un pequeño salón medio deshabitado. Por el clan se negó a obedecer su recato, y el Arronte, un edificio colonial que alberga las pintas y las luces de los estudiantes y maestros de antropología, vio subir la mañana de un viernes, por su eterna escalera de piedra, a los hijos, los sobrinos, los nietos, los hermanos, la entera y ruidosa familia de la dama discreta que conocían sus compañeros y maestros. Hubo que cambiar de salón, hubo que avisar a los niños pequeños que no se trataba de jugar adivinanzas con abuelita, y después de mucho ir y venir bajo la paciente mirada de los cuatro jóvenes y austeros sinodales, el clan se acomodó en alerta, dispuesto a rasguñar si alguno molestaba la minuciosa voz de la estudiante.

La tesis recoge las vidas, las frustraciones y los sueños de cuatro mujeres que vistas una por una son tan excepcionales como frecuentes. Los ojos de la estudiante acudieron a cada uno de sus recovecos y fantasmas, a muchas de sus penas y sinrazones, a cada uno de sus amores y al mucho desamor con que han cargado, regidas por la misma fatalidad con que cargaban su corazón y sus cabezas, su vientre embarazado y su pobreza. Por años había ido a buscarlas en las tardes, para oírlas hablar más compadecida que científica, más amiga que observadora, más cómplice que juez. Después, sencilla y contundente, las contó una por una sin confundirlas, cercana como la miel a sus heridas. ¿Objetos de estudio? No lo quiso decir, porque hubiera parecido poco científico, pero jamás se acercó a verlas de ese modo. Prendida de los ojos de sus nietos, de alumna viró a maestra esa mañana, y fue contando, a oídos que la escuchaban como por primera vez, la vida en las colonias que albergan y atestiguan el mundo de quienes sólo tienen como pared y cobertizo unos cartones. Y mientras iba hablando de otras vidas, hablaba de la suya sin hablar. El título de la tesis "Yo lo que quiero es saber", lo tomó de los labios de una mujer que lamentaba no haber ido a la escuela más allá de segundo de primaria. Y al escucharlo una de sus hijas, recordó que apenas hacía un año, para ordenar la tesis, su madre había aprendido a escribir en una computadora con la que ella jamás había podido, porque tenía las letras verdes y el cursor palpitante. "Lo logré", le había dicho con el deseo de sorprenderla, pero no consiguió sino afirmar en su hija la certeza que le crecía por dentro en los últimos años. Como decía su abuela, su madre era perfecta y para su placer y regocijo, ella podía aceptar el hecho sin la aflicción que en otros tiempos le acarreaba. Las dos hijas lloraron, una con más recato que la otra, los tres hijos temblaron bajo su gesto firme de hombres eternos, y el yerno al que citaba en su bibliografía, quiso guardarla siempre en su memoria y emborracharse a fondo para poder decirle cuánto de todo aquello le admiraba.

No imagino lo que será para sus nietos recordar el orgullo cuando los profesores dijeron "aprobada" y una porra futbolera cruzó el aire del sucio y solemne recinto. La abuelita se volvió licenciada, la niña de la escopeta, la mujer de las flores, la esposa de aquel hombre que latía entre los ceños y los ojos de quienes la abrazaban, estaba radiante como nunca antes la había visto ninguno. Hubo comida y mariachis, amigos de la infancia, testigos de la larga juventud, tarde de sol y pájaros, tres globos de Cantolla lanzados en su honor por el niño más sensible de todos sus sobrinos. Al día siguiente, después del desayuno, una de las hijas volvió a abrazarla orgullosa y alegre de tenerla. "¿Estuviste contenta?", le preguntó. La madre afirmó moviendo su hermosa cabeza. "Fue el día más feliz de toda mi vida", dijo absolutamente segura de que tenía vida y valor para saber tal contundencia.

Fama o cronopio

Mi hija Catalina tiene doce años y una envidiable inquietud en los ojos con que lo mira todo siempre como por primera vez. Hace poco, ella y su amiga Luminitza visitaron mi oficina y mientras yo intentaba escribir, las dos se dedicaron a fisgonear por los rincones. Afanaban en silencio de un lado a otro, murmurando de vez en cuando un comentario. De pronto Luminitza se detuvo ante el marco que guarda la estampa de Julio Cortázar y frente a los ojos inteligentes del escritor que nos reenseñó la literatura en los años setenta preguntó

—¿Quién es?

—Es un tipo al que mi mamá admira mucho. —Y como si lo supiera todo agregó:— Es como Luis Miguel para nosotros.

Luminitza miró un segundo más los labios de Cortázar sujetando un cigarro, su cabeza juvenil, la intensa arruga entre las cejas, la mirada como una pregunta.

—Está guapo —dijo y Catalina asintió para mi tranquilidad y estupefacción.

Siempre que alguien me parece guapo a ella le parece viejo y nadie que no tenga cara de niño juguetón y desafiante pasa por el tamiz con que elige sus adicciones. ¿Qué tendrían en común Luis Miguel el cantante y Julio Cortázar el escritor? ¿Qué tanto sé yo de Luis Miguel como para disertar en torno al fenómeno de adicción y temblores que convoca su paso, su voz? Acepté escribir algo sobre el asunto porque me lo pidió el hijo de un amigo y no pude negarme, pero yo fui adicta a otras voces y no estoy en edad de prendarme del paso efímero y encantador de un adolescente que conmueve multitudes. Sin embargo me gusta Luis Miguel y le agradezco hasta siempre su voz cantando boleros, porque gracias a él puedo viajar en auto con mi hija sin litigios en torno a cuál música debe sonar. Entre lo que para mí es ruido y para ella música pop y lo que para mí es música y para ella tedio, está siempre Luis Miguel como el mejor de los acuerdos. Luis Miguel el famoso, el acosado, el niño con un espacio entre los dientes de en medio como un guiño que lo hace más simpático canta boleros tan bien como Malena cantó tangos y nos pone a ensoñar cada cual en cada una, pero juntas.

—Este Luis Miguel es un cronopio —dije cuando volvíamos a la casa escuchándolo cantar.

—Quiero ir a verlo al auditorio —dijo Catalina.

—Ya fuimos dos veces y la última tú y tus amigas gritaron hasta que palidecí de vergüenza. Sólo les ganó la cincuentona esa que le gritaba "papacito estás para chuparte" incluso interrumpiendo las canciones más suaves.

—Es el chiste —dijo divertida. Y sonó como para creerle—. ¿Qué es un cronopio? —preguntó.

—¿Un cronopio? —dije—. Es muy complicado de explicar. Yo diría que lo contrario de un fama.

—Luis Miguel es famoso.

—Sí, pero uno sabe que a ratos siente piedad por sí mismo. Sabe que igual aparece en una revista reluciente como si sostuviera el sol, como si el cielo fuera una bandeja, que tirado al borde de una playa, borracho de tres días y tres noches de pena.

—¿Y por eso se llama cronopio?

—Por eso y otras cosas como invitar a Manzanero para

que le diga cómo hacer bien un disco y rogarle "no te vayas" cuando él quiere salir del escenario para dejarlo a solas con el horror de su fama. Los cronopios le tiene miedo a la fama, la padecen.

—Por eso cae bien Luis Miguel. ¿No? —me pregunta extendiendo el brazo para subir el volumen cuando escucha el principio de "No sé tú".

—Los cronopios caen bien.

—¿Quién inventó los cronopios?

—Cortázar. Mi Luis Miguel particular, según tú.

—¿Era escritor el guapo de tu oficina?

—Era el escritor más querido. Tanto que hasta los escritores de su generación lo querían más que a ningún otro. No sabía provocar envidia.

—¿Y qué decía de los cronopios?

—Nunca hizo una definición de cronopio. Escribió un libro que se llama *Historias de cronopios y de famas* en el que cuenta qué les pasa a unos y otros. De lo que les pasa y de cómo viven uno deriva quiénes son.

—¿Dice cómo cantan los cronopios?

—Sí. Dice que cuando un cronopio canta se entusiasma de tal manera que con frecuencia se deja atropellar por camiones y ciclistas, se cae por la ventana, y pierde lo que llevaba en los bolsillos y hasta la cuenta de los días.

—Eso no lo hace Luis Miguel.

—¿Quieres más bicicletas y camiones que tú y tus amigas y las diez mil gritonas que van al auditorio? —le pregunto y acepta la comparación con una de esas risas tolerantes que usa para hacerme sentir que es menos adolescente que yo—. Los famas no cantan por gusto. Y Luis Miguel canta con gusto que no puede ser fingido.

—¿Qué más hacen los cronopios?

—Hacen cosas fantásticas. Por ejemplo pierden las llaves cuando quieren salir a la calle, saben que las dejaron en la mesita de noche y que la mesita de noche está en la recámara y que la recámara está en la casa y que la casa está en la calle y que por eso no pueden dar con la llave porque para dar con la casa hay que salir a la calle.

—Esos están como tú.

—Favor que me haces, hija.

—Estoy trabajando para que me lleves al auditorio. No seas mala, es una vez al año.

—Sale carísimo.

—¿Ese comentario lo haría un cronopio? —dice y enseguida me invade la maravilla como si yo fuera un cronopio de esos que cuando tienen hijos encuentran en ellos el pararrayos de la hermosura y creen que por sus venas corre la química completa, con aquí y allá islas de bellas artes y poesía y urbanismo.

Por supuesto que iré al Auditorio Nacional en calidad de camión a pedirle a Luis Miguel que cante sin importarle de qué modo lo atropellan sus fans.

—¿Me prestas un libro de Cortázar? —pide Catalina y claro que se lo presto. Por ahí busco *Rayuela*. La mañana me dejó nostálgica del Cortázar que leí y subrayé en los setenta con la fe y la soltura de quien ha dado con algo que le urgía. El libro está tan viejo y amarillento como si hubiera sido de mi abuela. En un acto de amor lo mandé a empastar hace un tiempo, pero eso que le quitó su condición de baraja, lo volvió tieso y estrecho. Lo abro donde sea. Caigo en la página 538 y doy con un párrafo que subrayé con un plumón morado. Empieza diciendo: "Sigo tan sediento de absoluto como cuando tenía veinte años, pero la delicada crispación, la delicia ácida y mordiente del acto creador o de la simple contemplación de la belleza no me parecen ya un premio, un acceso a una realidad absoluta y satisfactoria. Sólo hay una belleza que todavía puede darme ese acceso, aquella que es un fin y no un medio y que lo es porque su creador ha identificado en sí mismo su sentido de la condición humana con su sentido de la condición artística. En cambio el plano meramente estético me parece eso: meramente. No puedo explicarme mejor".

Cierro el libro asustada. ¡Qué desafío! Morelli es el invento más terrible de Cortázar. Qué temerario de mi parte subrayar ese párrafo a los veinte años. ¡Qué ambicioso proponerse tal cosa! ¿O será que simplemente no hay que proponerse tal cosa? Yo me conformaría con dejarme tomar en serio por el sentido de la condición humana. Ya es bastante, ya es más que bastante.

—Mira qué divino salió aquí Luis Miguel —dice Catalina mostrándome al muchacho vestido de blanco con el pelo sobre la frente y en la expresión un desafío.

—Es mejor cuando no sale divino —opino volviendo a mi libro. Al rato ella regresa con el que le presté y se acomoda en la cama para leerlo junto a mí. A veces interrumpe para reírse y tachar a Cortázar de loco. Cuando al cabo de una hora lo cierra y se levanta me dice:

—Yo creo que Luis Miguel sí es cronopio.

—A veces es cronopio —le contesto—. Tiene cara de que deja sus recuerdos sueltos por la casa.

Don de audacia

Hace un mes llegó, como del cielo, la carta de una mujer italiana, dirigida a la hija de Carlos, su amigo mexicano a finales de los años treinta. Había leído *Donne dagli occhi grandi* y el apellido de la autora y la dedicatoria la condujeron a la editorial que le dio mi nombre. Era una carta cálida y breve en la que hablaba de su trato con mi padre, de su marido médico, de sus hijos. Me pedía que le respondiera a la dirección de su hija Lorenza.

Yo no recuerdo con qué certezas contesté a su tímida presentación de sí misma, pero ahora ha llegado su segunda carta. La empieza diciendo lo que no pudo decir completo en la primera: "Como bien has comprendido Carlos é stato il mio primo primerissimo amore. Yo era una adolescente soñadora cuando vino la terrible guerra. Por años todo fue destrucción y muerte. También en Milán. Muchas veces se nos obligaba, aun de noche, a acudir al refugio. Ahí después del miedo platicábamos, se reía con los amigos.

"Yo era bonita, alta, pelo negro, ojos azules. Tenía muchos admiradores. Pero tu papá me enternecía, mi faceva sentire tanto piú grande".

Trato de imaginarlo. Mi mamá tiene encima del piano la

59

foto de un hombre con los ojos de la primera juventud que no le conocimos a mi padre. Un hombre que por entonces sentía con su nariz afilada la húmeda vid creciendo en un pueblo húmedo del Piamonte. Un hombre que ya por entonces sabía esconder la pena silbando mientras subía las escaleras. Sus manos no pueden haber sido muy distintas. Ni mejores. La forma de sus manos no la cambió la guerra.

Termina la carta "Eramos jóvenes, y la juventud nos ayudó a superarlo todo. Quién sabe cuándo vendrás a Italia. Te acogeré siempre con un abrazo".

* * *

Tengo una caricatura que Rogelio Naranjo le hizo a Renato Leduc. De cada bolsa del saco le brota la pierna entaconada de una mujer tibia. Tienen que haber sido tibias las mujeres que arroparon a Renato. Me gusta mirarla porque a veces, no todas, tengo el privilegio, alguna magia me da permiso de volver a escucharlo:

"Ustedes los jóvenes creen que la revolución se hizo con canciones. Pero están muy pendejos, mijita. La revolución se hizo caminando cuarenta kilómetros con gonorrea encima. Se hizo con muertos. Y los muertos apestan y regresan de noche a espantarnos con el recuerdo de sus gritos".

—Renato —le pregunté un día—, ¿cómo era la mujer para la que escribiste el "Romance del perdidoso"?

—Cursi —me contestó—. ¿Vienes a los toros?

* * *

Cuenta doña María Luisa Ramos en las memorias que le envió por carta a una de sus nietas:

"Por entonces se temía que entraran los rebeldes a Teziutlán. Mis papás estaban alarmados. Como se comentaba que se robaban a las muchachas, mi mamá temblaba por nosotras. En el <u>zarzo</u> de mi casa había una caja de piano vacía. La disimulamos con cartones y costales. Ese sería nuestro escondite en caso de necesidad.

"Mientras tanto, entre las duras y las maduras, pasábamos el tiempo al acecho de diversiones. Me habían salido además de tu abuelo, que era el más guapo y simpático pero no era del pueblo y por lo tanto me daba desconfianza, otros tres pretendientes. Un español muy colorado que me hizo un verso y me mandó un cajón de madera lleno de distintos dulces. Decían que con él no me faltaría nada, pero no me gustaba. El otro era Periquito Medina, muy tímido y muy meloso. En los bailes me decía 'Es usted la reina de la fiesta, Luisita'. El tercero era Miguel Cavada, guapo y con una mamá y unas hermanas muy bonitas, pero a ese decían que le olían los pies".

—Abuela —le preguntó su nieta en una carta—, ¿pero tú viste la revolución?

—No sé —dijo la abuela—. Yo en esos años me estaba casando.

Una brizna de infinito

Lo recuerdo a cada rato, hermoso y viejo como lo conocí. Tenía largos los dedos de las manos y el cabello canoso pero salvaje y descuidado le daba a su cabeza un aire de juventud que ningún hombre de treinta compartía ya con él. Tenía un rayo de burla en las pupilas y una guerra en los labios. Era encantador y adorable, como debió serlo desde los siete años en que lo mandaban a comprar el petróleo cerca de su casa. Se lo vendía una mujer sobre cuyo trasero, según él evocaba, se podía tomar el té y jugar barajas. Renato entraba en la tienda con dos monedas y la esperanza de que algún efecto embriagante le hiciera el aroma que corría bajo el mostrador, siempre que la mujer tenía a bien curarse las reumas con una poción de alcohol y mariguana en la que hundía los pies apacible y distraída. Cuando la recordaba, yo sentía que su memoria de poeta aún podía tocarla. Escucharlo contar el pasado fue siempre un privilegio.

Se han dicho tantas cosas de Renato Leduc, yo misma he recontado tantas veces el aire atrevido que traía con él, sin embargo sé que no acabaré de aprehenderlo nunca, por más que lo añore todos los días. Este agosto derruido y peleonero se cumplen diez años de su muerte, diez años cruzados por tal cantidad de acontecimientos y desfalcos impensables en 1986 que no puedo dejar de preguntarme qué opinaría ese poeta del desencanto de este mundo que nos corroe. Había en él, que eternamente jugaba al descorazonado, al desengaño sin matices, una dosis de esperanza y de vocación lúdica que ahora, quién lo diría, parecen inocentes. Tal vez por eso, invocarlo resulta siempre consolador. Renato no creía en los amores duraderos, ni en la fe de los templos, ni en la patria de la Historia Patria. Pero era un eterno enamorado, creía en las estrellas y en el fuego que las ampara y era, junto con los sencillos héroes de todos los días, un venerador sonriente de la patria que se hace conversando, bebiendo, imaginando que el mundo es noble porque nunca ha negado que no tiene más remedio que acatarlo, con sus desfalcos y destellos.

Eran breves las tardes escuchando a Renato tras la comida en el café de románticos obsoletos que era el Rincón de Cúchares. Largas, polvosas y tercas eran las tardes de toros con los ojos prendidos a Manolo Martínez, soñándolo, creyendo que algo veía desde el palco lejano en que nos encerrábamos con unos binoculares a gritar ¡ole! y venerar el valor y la estampa del torero cada vez más imaginario. Digo que lo imaginaba más de lo que podía verlo, porque por esos días me pidió que lo acompañara a una reunión regida por el entonces presidente José López Portillo. No recuerdo qué premios se entregaban ni qué sucedió en el famoso evento, pero recuerdo que había mucha gente y que se me ocurrió liberar a Renato de los empujones propios de la salida, llevándolo por una puerta alterna que se abrió un segundo hacia un pasillo de aspecto privado en el que me detuve asustada a dudar por dónde salir. Ahí estábamos detenidos cuando entró López Portillo con tres acompañantes.

—Renato, qué gusto verlo —dijo el presidente.

—¿Cómo has estado? —le preguntó Renato dejándose estrechar la mano.

—Yo no ando mal. Pero lo veo mejor a usted.

—No exageres, tú también te ves bien. Cuídate.

—Eso hago, pero usted tendría que darme la receta.

—Claro te la doy: haz siempre lo que se te pegue tu chingada gana.

El presidente rió, le palmeó la espalda y le dijo que tomaría muy en cuenta su recomendación. Luego siguió su camino.

—¿Quién era este cabrón? —me preguntó Renato al sentir que se alejaba.

Veía mal, entre sombras, pero caminaba erguido como si no temiera el acantilado que podría abrirse a sus pies, y siempre tenía un consuelo en los labios y otro en las manos con los que parecía saberlo todo.

Me gusta encontrar a Patricia su hija y decirle cuánto lo extraño, cuánto jugué a ser su otra hija y cuánto me hubiera gustado ser la novia desatada y adolescente que hubiera sido, si ambos hubiéramos sido juntos sesenta años antes de conocernos.

—Yo me hubiera ido a París contigo —le dije un día.

—Y yo te hubiera llevado —me contestó.

—Mentiroso —le dije riendo.

—Entre que me llames mentiroso y me llames poeta prefiero que me llames borracho. Aquí la única mentirosa eres tú.

A veces el aire trae su recuerdo con cualquier cosa. En las mañanas me dice aún desde el espejo que parezco un dibujo del 400, levemente celeste y fantasmal.

No creo que la vida vuelva a darme un amigo capaz de hacerme tantos regalos. A él le debo la voz de Catalina Ascencio, algunas mujeres de ojos grandes durmieron con un hombre de su estampa, y Daniel Cuenca le robó a su recuerdo algo de la inconstancia y el fervor con que lo imaginé siendo joven. Renato es de esos muertos cuya sombra matiza cualquier intento de catástrofe interna. Seamos impasibles, inmutables y eternos como el fondo del mar, dice un poema suyo que me repito a cada tanto. O invoco de repente como el mejor auxilio en mitad de una aflicción que tiene remedio: no llores, muchacha, que el llorar afea, y quien mucho llora, muy escaso mea. Y parece que lo oigo reírse de mí, de él, de todos nosotros.

y se abrirá en el silencio —breve y única ventana—
como voz de la esperanza la verde voz de una rana:
Quien gana en amor se pierde, en amor quien pierde gana.

No sé cómo puede quererse tanto a un abuelo cuya sangre no tenemos la fortuna de llevar en el cuerpo. En cambio sé de cierto que ningún año de mi vida olvidaré la luz con que Renato se burlaba del mundo, y que entre las cosas importantes que le debo a la vida, está el haberme cruzado con la prosa de su boca y la poesía de su corazón incansable. Antes soñaba mi ambición con llegar a vieja siendo tan audaz, insensata y curiosa como llegó Renato a los noventa y dos años. Ahora les ruego a mis cuarentas que invoquen al esperanzado Leduc que sobrevivió a siete años de siglo diecinueve y a ochenta y seis de siglo veinte, sin transigir con la idea de que vivía en el peor de los Méxicos. Para él cada día era un enigma que encerraba en su paso el placer de resolverlo, y no se hubiera perdido un minuto de su vida porque sabía como pocos cuánto vale cada segundo de luz, aun cuando le hiere la zozobra. En los últimos tiempos, siempre que hablé con él encontré la manera de recordarme el privilegio de la sobrevivencia. Al principio me hacía sentir culpable de tener más años por delante, ahora me digo que insistía como si previera que las cosas podrían ser difíciles y quisiera heredarnos la certeza de que nunca son peores que cuando no son. Ahora, cuando el mundo se pone de dar miedo y temo caminar en la noche las seis calles que van de mi estudio a mi casa, le pido a Renato que deje la pared en que lo cuelgo y que venga conmigo como el más claro de los amuletos.

Los conversadores

Yo vengo de un tiempo humano, cada vez más remoto, en el que conversar era el don, el privilegio y la costumbre más encomiable. No sé si ese tiempo tuvo un lugar o si a lo largo de los siglos estamos distribuidos, aquí y allá, los habitantes de su espacio. Creo más probable esta segunda opción, la creo porque he aprendido a reconocer de lejos a los miembros de esta especie de secta cada vez más exigua que podríamos llamar los conversadores. No hay necesidad de trámite, ni de credenciales ni de registros para ser un buen conversador. La única seña está en la facilidad con que traban cercanía y descubren sus emociones, dudas, pesares y proyectos como quien desgrana un rosario. Impúdicos y desmesurados se vuelven invulnerables, porque todo lo suyo lo comparten. Y si un problema tienen, es el que los hace vivir corriendo el riesgo de derivar en chismosos. Nada tan despreciable para un conversador como un chismoso y, para su desgracia, nada más cercano a la vera del acantilado por el cual caminan. Antes que nadar, comer, dormir o cualquier otro placer parecido, los conversadores prefieren intercambiar palabras. Sólo los besos y sus prolongaciones son tan placenteros para un conversador como las palabras. Tal vez porque los besos están emparentados con las palabras, y el amor puede ser una conversación perfecta. De ahí que los conversadores tiendan a enamoradizos. Como tienden también a cantar cuando están solos o a colgarse del teléfono a propósito de casi cualquier cosa. El reloj es su enemigo más acérrimo y no lo pueden remediar, saludan a desconocidos en el mercado o en la calle y tienden a dar consejos a quien no se los pide. Cuando sienten que el día no les rindió, que algo le falta al mundo para poder cerrarse sobre su almohada, se prenden de un libro o de una película de esas en que no importa lo que pase, con tal de que importe lo que se diga.

A los conversadores siempre les falta un poquito, nunca quieren que la gente se vaya de su lado y cuando su cónyuge les da la espalda para irse a otro lado con su soliloquio tienden a llamarlo con un *oye* que es una especie de súplica, de no te vayas aún. Para entonces el otro ya se ha ido y grita desde lejos: Estoy a veinte pasos. ¿Qué quieres? ¿Por qué esperas a que me vaya si vas a decir algo todavía?

Frente a respuestas así un conversador puede hundirse minutos en un abismo oscuro del que sale de golpe como redimido por la idea de escuchar a Pavarotti cantando "Parlami d'amore Mariú".

Los conversadores nos descubrimos hasta por teléfono. Yo sé de una mujer que en busca de una clase marcó un número equivocado y dio con una conversación en caída libre que empezó más o menos como sigue:

—¿Es ahí donde dan clases de gimnasia? —le dijo al hombre que levantó el auricular al otro lado de la línea.

—¿Usted quiere tomar clases de gimnasia? —le contestó la voz de animal fino.

—¿Por qué me lo pregunta como si lo dudara? —dijo la mujer.

—Porque cuando uno quiere tomar clases de gimnasia marca el número del lugar donde dan clases de gimnasia.

—¿Entonces no es ahí?

—¿Donde damos clases de gimnasia? No. Pero, ¿usted por qué quiere tomar clases de gimnasia?

—Porque me están engordando las caderas.

—¿De verdad?

—Aunque usted no me lo crea.

—¿De dónde saca que yo no se lo creo?

—De que ustedes los hombres nunca nos creen a las mujeres cuando decimos que nos están engordando las caderas.

—Yo a las mujeres les creo todo lo que dicen.

—¿Es usted gay?

—No, pero podría serlo.

—Se atreve a decirlo. ¿De qué planeta viene?

—Del único que usted y todos los demás tenemos la fortuna y el infortunio de conocer.

—Es bonita la Tierra, ¿verdad?

—Menos cuando se vuelve horrible.

—Sí. A veces se vuelve horrible.

—¿A usted lo han asaltado?

—Todavía no. Pero ha de ser cosa de tiempo. Ya ve que últimamente el que no viene de un asalto va a un asalto. No se puede ni hablar de otra cosa.

—Hay quien habla de política —dijo la mujer.

—O de horrores. De lo que ya no habla mucho la gente es de amor. ¿No se ha fijado que hasta las telenovelas están abandonando el amor como tema central?

—No veo telenovelas —presumió la mujer.

—¿No ve telenovelas? ¿Cómo es que le han crecido las caderas?

—Me gusta demasiado lo dulce. Le pongo tres de azúcar al café. Me fascinan los tlacoyos de haba, las papas a la francesa, el pollo empanizado, los gusanos de maguey, la leche sin descremar, los quesos fuertes, el pan del que me pongan enfrente.

—Son una delicia los panes y el azúcar.

—¿Le parece? Dicen que esas cosas nos gustan más a las mujeres. ¿Está seguro de que no es gay?

—Nunca hay que estar seguro de eso. Hay ratos en que me comería a besos a un hombre. Aunque siguen siendo más frecuentes las veces en que me comería a besos a una mujer.

—¿Porque es más fácil?

—Nada es fácil con ustedes las mujeres.

—Vendernos cosas es fácil.

—Viera que no. Se lo digo yo que soy vendedor.

—¿Qué vende usted?

—Departamentos en condominio.

—De verdad. Yo me quisiera comprar uno.

—Tengo uno de ciento veinte mil dólares.

—Por eso le dije quisiera.

—¿Cuánto tiene usted?

—Nada. Qué importa.

—Importa donde lo dice en ese tono.

—No me hable usted como mi papá.

—Que más quisiera yo que hablarle a una mujer como su papá.

—Pues usted habla como mi papá.

—Y usted habla idéntico a una novia que me quitó el sueño durante todos los años de carrera.

—¿Se casó con ella?

—No.

—¿La extraña?

—Sí.

—Dice una amiga mía que el amor de nuestra vida siempre es con el que no nos casamos. Yo digo que es porque en lugar de pedir que nos calláramos se fue a otra parte para no oírnos. Siempre es más agradecible. ¿No cree?

—No sé bien qué creo.

—¿Me cree si le cuento un prodigio? Mi vecino dio con una mujer de la que estuvo enamorado cuando tenía quince años y a la que aún no podía olvidar a los cuarenta.

—Ya sé. Y cuando la vio se preguntó cómo era posible que hubiera estado perdiendo su tiempo en recordar a alguien que estaba así de gorda y arrugada.

—No. Ahí es donde aparece el prodigio. La vio y todo en él la quiso con más fuerza que nunca.

—Y cada uno fue con su pareja y le dijo encontré al amor de mi vida y ya me voy.

—No. Tú sí que has visto telenovelas. Cada uno se quedó casado con quien estaba casado. Sólo se encuentran cada mes en un hotel distinto.

—Eso es como de película francesa.

—Es mejor. Porque aquí hay sol y todo pasa más rápido.

—¿Ni siquiera han tenido el mal gusto de poner un departamento?

—Ni eso.

—Con razón no vendo condominios. ¿Me hablaste de tú?

—Es que hablas como mi papá.

—¿Cómo hablaba tu papá?

—Así —dijo mi amiga— con la seguridad de que todo lo importante ya estaba dicho. De modo que uno podía hablar sin tregua ni recato de todo lo trivial como si fuera muy importante. Me tengo que ir. Van a venir por mí.

—¿Cuál es tu teléfono?

—Uno que siempre está ocupado.

—¿Lo podrías usar para volver a llamarme?

—No sé qué número marqué.

—El de la gimnasia.

—¿No dijiste que ahí no dan clases de gimnasia?

—Ya no dan, pero dieron. Ahora estoy adaptando el lugar para que sea oficina.

—¿Oficina para vender condominios?

—¿Qué quieres que haga? Estudié ingeniería y me gustaba la literatura. He tenido que acabar trabajando en algo más cercano a los sueños que a los cálculos. ¿Tú en qué trabajas?

—Otro día te digo.

—¿Me llamarás?

—Cuando tenga para el condominio.

—Puedo buscarte uno a plazos.

—Quieres decir, de plazos hasta siempre. No me interesa.

—Tonta. No hay como las cosas a largo plazo.

—Adiós.

—Si me llamas mañana te cuento una historia —dijo el hombre con una sonrisa que ella casi pudo ver.

Por supuesto, mi amiga quiso llamar. Ahora se hablan a diario para contarse cosas entre las cinco y las seis de la tarde. No se han visto jamás, se conocen mejor uno al otro de lo que los conocen sus parejas, sus hijos, sus padres, su fantasía de sí mismos o su espejo.

El perro de Quevedo

Pasada la primera juventud, uno se cree experto en el padecimiento y la contemplación de los abismos provocados por un amor no correspondido. Uno ha cantado todas las canciones atormentadas, se ha regodeado en los más enigmáticos y consoladores poemas, ha llorado a sus anchas acompañando el pesar ajeno sin olvidar jamás el propio. Hasta hace poco tenía la certeza de saber o imaginar casi todo lo que es posible sufrir, deshacerse, ambicionar la muerte, cuando se cruza por ese infierno azul que es el amor malpagado. Creía saberlo todo y vino a resultar que las tres cuartas partes de vida que he dedicado a pensar en el amor humano, no me habían dado aún el preciso conocimiento de lo que puede ser un amor más devastador y angustioso que el padecido por la contumacia de Adèle Hugo.

El fin de semana pintaba risueño y fácil como la eterna primavera de Cuernavaca. La familia dejó el Distrito Federal dispuesta a beberse el jardín de los Quintero, una pareja de amigos capaz de prestarnos las dichas de su casa con tanta generosidad que, al cabo de media hora de gozarlas, nos sentimos codueños del paraíso. Tanto así que llevamos con nosotros al Gioco, un perro al que la estirpe completa conside-

ra merecedor de cuanto derecho humano defiendan las co-
misiones y estén asentadas en las leyes de todo buen hogar.
El Gioco parece dueño de una vida interior más intensa que
la de cualquiera de quienes lo rodeamos, es capaz de aburrir-
se y gozar con más énfasis que Robert de Niro, y cuando im-
plora con sus ojos tristones y sabios consigue los permisos e
impone las excursiones más inusitadas. El Gioco duerme sobre las camas, ensucia los sillones de la sala con sus patas
mojadas en lodo, ha desbaratado los barrotes de las biena-
madas sillas que nos heredó la bisabuela, ha mordisqueado
la pata de la mesa del comedor y el postre de su desayuno ha
sido siempre un par de calcetines. Por las mañanas oye música y agradece fragmentos de *La Bohemia* o sonatas de Mo-
zart, de dos a tres de la tarde toma una siesta sobre mi cama,
come a la misma hora y en el mismo lugar que la familia. El
resto de la tarde ladra persiguiendo gatos sin que nadie le re-
proche el escándalo y en cuanto dan las ocho se acomoda
contra la almohada de Mateo para ver a los Simpson. Así que
fuera de acudir al cine, a los restoranes, a la escuela y al Chapultepec de abajo, tiene todas las prerrogativas de un entrañable miembro del clan. A cambio de tales prohibiciones no
hace antesala en los médicos ni en la peluquería. Es, en pocas palabras, un perro afortunado. Al menos eso dicen todos
los dueños de perro con los que converso en la caminata de
las mañanas. Es el único French que anda sin correa, se ro-
za con los corrientes, les lame la mugre a los abandonados y
huele los traseros de los elegantes cazadores que pasan a su
lado remilgosos y atildados. En retribución, yo me creo la
única dueña cuyo perro acude a su llamado presuroso y risueño como una flecha entre los árboles.

Como se habrán dado cuenta, este prodigioso animal que
ha hecho el favor de convertirme en abuela antes de tiempo,
que salta cuatro veces lo que mide cuando me ve regresar a
la casa y se tira de espaldas cuando le hablo de amores, me
tiene, para burla de todos, a sus honorables patas. Por eso

fue tan intolerable verlo salir del coche y olvidarse de la costumbre de caminar a mi lado, rastreando el tono de mi voz y adivinándome con su olfato mientras me hace sentir dichosa de tan imprescindible. En vez de asirse a tan nobles hábitos lo vi correr tras las vigorosas, juveniles y bien dotadas ancas de una perra Rottweiler y perderse con el hocico en alto durante los siguientes dos días. No quiso en todo el fin de semana ni escuchar nuestras voces, ni dormir sobre nuestras camas, ni dejarse acariciar, ni siquiera comer. En mitad de la noche amenazaba con rayar sin piedad todas las impecables puertas de la casa, aullaba y plañía como nunca he visto quejarse a alguien en pena de amores. Y nada lo consolaba, ni las ardientes canciones de Agustín Lara ni los más desolados versos de José Alfredo, su única ambición era el inalcanzable zaguero de la gran perra negra. Lo dejamos salir a la noche lluviosa por primera vez en su vida de conde y en la mañana lo vimos pasar, despeinado y grasiento, siguiendo a la perra a su encierro diurno en un pequeño patio. Quisimos librarlo de la pena que era perderse el jardín y el sol con todos sus esplendores, pero nos desconoció al grado de gruñirles a los niños con más virulencia que si fueran gatos. Total pasó el día encerrado, hemos de suponer que repitiendo a Quevedo:

Después que te conocí,
todas las cosas me sobran:
el sol para tener día,
abril para tener rosas.

Cuando lo buscamos en la tarde para darle de comer no hizo más que arrastrarse hasta su plato, olisquear lo que siempre había considerado su deliciosa carne molida, y despreciarla en silencio. Como todos sabemos el amor es el silencio más fino, el más tembloroso, el más insoportable.

Después de un rato de aullar desesperado lo regresamos a su encierro y ahí se quedó febril y displicente, sin voltear a mirarnos, preso de sus deseos como del aire. Volvió a pasar la noche a la intemperie y lo buscamos en la mañana seguros de que la oscuridad había sido atroz y de que le urgirían nuestros cuidados, pero él seguía como repitiendo a Quevedo:

> *Por mi bien pueden tomar*
> *otro oficio las auroras,*
> *que yo conozco una luz*
> *que sabe amanecer sombras.*

Tenía los ojos mustios y pequeños, estaba exhausto, pero lo dejamos quedarse con su amada. Diría Renato Leduc: Más adoradas cuanto más nos hieren, van rodando las horas...

Rodaron las horas como quisieron y llegó el momento de regresar. Entonces, sin más piedad que la de los Montesco, atrapamos a Gioco y lo separamos de su Julieta. Estaba tan exhausto y tan triste que ni siquiera intentó quedarse. Todo su romance había sido una sucesión de frustraciones, saltos equívocos, y esfuerzos inútiles. Un desenlace así era esperado por todos, incluso por él, náufrago amante entre desdenes, que había mantenido el vigor y la audacia tan altos como le fue posible.

Volvimos a casa compartiendo su pena pero seguros de que al llegar a sus lares encontraría la paz. A nosotros su amada nos parecía espantosa, de ningún modo tocada por la gracia y la estampa de una coqueta perrita French; nos pondríamos en contacto con ese matrimoniador oficial que es el buen doctor Rábago y él encontraría el clavo que sacaría el ardiente clavo que lastimaba a nuestro amigo. Por lo pronto le calentamos una deliciosa comida, seguramente llenando su barriga tendría contento su corazón. Pero para nuestra sorpresa el buen amante siguió sin probar bocado. Al anochecer había caído en un letargo raro, no dormía, no se quejaba, su respiración era intranquila y azarosa, se había acomodado en un rincón del pasillo y de ahí no quería, ni hubiera podido moverse. Llamamos a los médicos, a los biólogos, a todos los amigos conocedores y sarcásticos, nos arriesgamos a las bromas y conseguimos de una joven y formal doctora la explicación más racional y menos tolerable que pudimos encontrar. Así sufren algunos perros, pueden pasar hasta quince días prendidos al aroma de las hormonas que una perra en celo suelta al aire sin medir los daños:

> *¿y quién sino un amante que soñaba,*
> *juntara tanto infierno a tanto cielo?*

El buen Quevedo es capaz de venir al auxilio de quien se lo pida. Sin embargo el Gioco estaba tan perdido que no había verso por bien logrado, ni canto por bien cantado, capaz de curarlo. Le pusimos el último acto de *Madame Butterfly*, Pavarotti le cantó "La donna é mobile", para invitarlo al cinismo, pero todo fue en vano. Ni el mismísimo Freud para perros hubiera podido transitar por mal semejante. El termómetro marcó 42 grados de temperatura y ni agua quería el pobre animal. No hizo ruido en la noche y olvidamos sus males unas horas, pero el lunes no levantó el hocico del ladrillo, mucho menos saltó sobre las camas exigiendo su paseo por el lago. Seguía tirado ahí, jadeante y lastimoso. "Si hija del amor mi muerte fuese...", sugirió Quevedo. La familia consternada volvió a llamar al veterinario. "Dénle un baño", dijo. ¿Un baño? Así de fácil. ¿Acabará teniendo razón la suegra de mi suegra con aquello de que la infidelidad en los hombres es perdonable porque se cura con un baño? ¿Será un baño motivo de cura tan urgente e imposible? Le dimos el baño. Tres intensas enjabonadas corrieron por el pelo y los deseos del pobre limosnero de amor en que estaba convertido el antes pueril animal de nuestros juegos. Temblaba. Con las pocas fuerzas que tenía, trató de huir del agua como de una maldición:

Y dile quiera amor quiera mi suerte,
que nunca duerma yo si estoy despierto,
y que si duermo, que jamás despierte.

Lo sacamos del chorro fresco y lo secamos. El pelo volvió a brillarle, los ojos encontraron su órbita, las hormonas ajenas dejaron de atormentar su cerebro y algo como el sosiego tomó sus pasos. Dio unos saltos breves como buscándose, olisqueó nuestras piernas, ambicionó nuestras voces, se dejó guiar hasta un plato de comida caliente, la devoró como en sus mejores tiempos. Había vuelto. Un revuelo de plácemes tomó a la familia, nuestro perro era otra vez él, nuestro perro:

Mas desperté del dulce desconcierto,
y vi que estuve vivo con la muerte,
y vi que con la vida estaba muerto

dijo Quevedo.

Una luz que curaba

Digo su nombre para consolarme del espanto con que supe de su muerte. Era un hombre generoso y sabio, como sólo pueden serlo los pocos seres humanos que albergan en su corazón la diaria memoria de que no somos vivos eternos. Tal vez porque todos los días lidiaba con la muerte y sabía cómo nombrarla callándosela, sabía que semejante enamorada nos sorprende siempre con el desfalco de lo insólito, sabía como nadie consolar de ese desfalco, porque como nadie sabía que los muertos habitan el corazón de los vivos que no les niegan la entrada.

Se llamaba Teodoro Césarman, era médico. Un cardiólogo singular al que uno consultaba sin clemencia, y sin que él hiciera valer el alto rango de su especialidad, lo mismo para un catarro que para una gastritis, una alergia, un juanete, un mal amor o una inaplazable voluntad de suicidio. Yo siempre supuse que era así porque él creía que todos los males menores y mayores están regidos por las glorias y pesadumbres que aquejan el corazón. Y porque a semejante certidumbre llegó gracias a la inusitada belleza que albergaban los vericuetos de su índole noble. Tal vez por eso, cuando un joven de veinte años fue a buscarlo en mi nombre diciéndole que el aire se cerraba contra su pecho y que no sentía vida en sus entrañas desde hacía varios días, él, que de sólo mirarlo lo supo sano como un león, tuvo la paciencia de tratarlo como a un enfermo grave y le hizo un electrocardiograma, una radiografía, un ultrasonido, una lenta auscultación y una prueba de resistencia. Le dio una palmada en el hombro, le entregó sus resultados y le recomendó que leyera a León Felipe. Después lo despidió sin cobrarle un centavo. El joven se curó en unos días. ¿Quién no? Si todos los que tuvimos el afán de su amistad aprendimos a curarnos con mirarlo, y no sé cómo hemos de sobrevivir sin sus ojos enderezando nuestros pesares, sonriéndoles a nuestros temores:

—Teodoro, hace días que despierto con un temblor cayendo sobre mi frente como una lagartija, y la cabeza me duele como si dentro rugiera un tren.

—Urge que termines ese libro —decía mientras me consolaba poniendo la punta del estetoscopio contra mi espalda. Luego conversábamos sobre el país, sobre el último cuadro de Josele, esa especie de diosa de la alegría que ha sido siempre su mujer, sobre la ciudad, los hombres que la cuidan y descuidan, la dieta y la disciplina como la única de sus prohibiciones.

—Come lo que te haga feliz, habla de lo que te haga feliz, quiere a quien te haga feliz, corre si te hace feliz, no te muevas si eso te hace feliz, fuma si te da tranquilidad, no fumes si fumar te disgusta. No te quites la sal, ni el azúcar, ni el amor, ni la poesía, ni el mar, ni el colesterol, ni los sueños, y quiere a tus amigos y déjalos quererte, y no te opongas a tu destino porque esa enfermedad no la sé curar.

Cónsul de nuestras desdichas, comandante de nuestros extravíos, lo llamábamos para avisarle que el tren había dejado nuestra cabeza y él preguntaba como quien borda:

—¿La taquicardia también se te quitó?

—No me dijiste que tuviera taquicardia.

—¿Querías que te curara o que te aleccionara? Ven a verme cuando acabes el libro.

Y uno siempre iba a verlo al terminar un libro. Iba como quien le lleva veladoras a un santo. A ponerle la ofrenda y pedirle ayuda para sobrevivir al milagro.

Era un lujo su voz a media tarde como la respuesta de un cielo misericordioso y audaz. Acudíamos a oírlo como quien busca al agua y al pan tierno. Renato Leduc, siendo ya muy viejo, me había invitado a conocerlo como invitan los niños a compartir un tesoro. Y fuimos a comer con él a un restorán del centro lleno de las algarabías que Renato consideraba imprescindibles para la buena digestión. Césarman nos esperaba fumando frente a su aperitivo. No sé si seré capaz de recordar a Teodoro sin el cigarro atravesado en sus labios.

—Míralo —dijo Renato señalándolo.

—¡Un cardiólogo que fuma! Sólo tú eres capaz de dar con semejante fantasía.

—Es un buzo diamantista. También da permiso de emborracharse, desvelarse y entrar en amores después de los ochenta.

—¿Dialéctica sucinta de un sabio calamar?

—Eso es, un médico sabio —dijo acercándome a su tesoro.

Teodoro Césarman era un médico que nunca fue más juez que cómplice. Y en eso estaban su sabiduría y su generosidad. Por eso nos hacía sus amigos y como tales nos trataba.

Una mañana llegué a verlo con un dolor en el hombro derecho y unas ronchas purulentas cubriéndolo. Yo creía que era algo así como un piquete de araña pero él lo llamó herpes y con semejante nombre me provocó un ataque de horror.

—Aléjate —le pedí—. El herpes es contagioso. ¿De dónde me vino?

—¿Qué dices, niña? —me contestó poniendo la delgada palma de su mano sobre las ronchas, acariciándolas sin ninguna reticencia. Después llevó esa misma mano hasta su cara y la pasó por sus mejillas y por su lengua—. Créeme que no hace nada. Es cansancio —dijo mientras yo me tragaba unas lágrimas gordas cuyo recuerdo aún me llena la boca de sal y agradecimiento. Me explicó que el virus de la varicela regresa en forma de herpes cuando bajan las defensas, y quién sabe qué cosas que no escuché porque estaba mirándolo como al bendito que era. Pensando con qué polvo de estrellas habría que pagar la destreza de sus manos, la paciencia de sus oídos, la entrañable fidelidad de su lengua.

—¿Te gusta el bosque? —preguntó—. Yo no me creo que tengas epilepsia —dijo en seguida. Y luego me mandó con un especialista que a la fecha tampoco se cree que yo tenga o haya tenido epilepsia.

—Tienes el mal de los desmesurados —dijo—. Se quita con la edad, por desgracia.

Debió tener razón, como siempre. Porque entre más envejezco más lejos queda aquel tormento del que ya no recuerdo ni los síntomas, y al que ya no le temo. Porque la naturalidad de Teodoro Césarman y la de su cómplice Bruno Estañol, me la quitaron de la cabeza y sus devaneos.

Tantas cosas, tantos nuevos amores, tanta luz le debo a la fuerza con que Teodoro Césarman acompañó mi vida, y la de muchos otros, que no encuentro cómo haré para llorar su muerte en esta edad sin lágrimas a la que también me auguró que llegaría.

—Estoy preocupada —le dije una vez—, lloro por cualquier cosa.

—Disfruta ahora que todavía puedes. Luego se queda uno sin lágrimas.

Creí que jugaba. El, que vivía para darles gusto a otros, seguramente estaría inventando que llorar era bueno, para no avergonzarme con la desaprobación de mi lagrimerío fácil. Pero por desgracia he llegado a los días de los que me habló y ahora sé que no hay peor pesadumbre que las lágrimas que se guardan, podridas y necias como la razón que nos las veda.

—Si algo de horrible traen los años, es que se llevan a los amigos —me dijo otra noche, hace poco, en el desorden de una cena multitudinaria—. Y no hay cómo llenar el agujero que nos deja su muerte.

—Sólo con recuerdos —le dije.

No me contestó. Ha de haber estado como yo ahora, como tantos ahora, tratando de asir los recuerdos para buscarse un consuelo. Yo me he encontrado la copia de un recado que le mandé hace tiempo, y me alivia saber que le dije hace mucho lo que siempre diré de él.

"Dori queridísimo:

"Sé que estás aquí y eso me da incluso un modo distinto de caminar. Uno pierde el aplomo con tus ausencias. A veces no sólo el aplomo. Es un trabajo ingrato y generoso éste que haces. Te bendigo siempre por seguir adelante con él. Hay que estar hecho de una madera cada vez más escasa y por lo mismo más entrañable para querer de modo tan intenso a quienes te piden ayuda. No pareces saberlo, por eso me toca repetirte que estás bendito. Otra vez, como cada vez, mil gracias."

Contar las bendiciones

Hay quien asegura que dormir bien o mal es un asunto de herencia, como tantos otros. Yo sé que despertar en mitad de la noche, con el mundo creciendo deforme y aciago bajo la almohada, es un vicio de siempre, como la disposición a tararear canciones cuando algo nos preocupa, como la inexorable habilidad para otorgar a nuestras pertenencias una vida autónoma que las hace extraviarse, huir de nuestra vera igual que si se mandaran solas.

Tal vez el insomnio esté asociado con esta destreza para el buen perder. Se pierde el sueño como tantas cosas perdemos sin saber cómo. Quizás por eso cuando llega el insomnio, una de las primeras cosas que nos trae, es el recuerdo desordenado de nuestras pérdidas.

Todavía con los ojos cerrados, pero segura ya de que el recuerdo me ha tomado el cuerpo y se dispone a vapulearlo con sus entelequias y sus desatinos, evoco sin más el pequeño baúl que me regaló un tío en cuya mirada latía siempre la ambición juvenil del absoluto. Lo perdí al dejar la residencia para estudiantes en la que pasé el primer año de universidad, y debe venir de aquella pérdida mi gusto por las cajas, como si ninguna pudiera suplir los placeres que

85

me dio ese cofre integrado por una breve colección de cajones diminutos.

Ahora su recuerdo vuelve de repente, dando el primer aviso de que la noche será larga. Casi puedo olfatear su madera oscura, sus recovecos, el aroma a tabaco que acompañaba al hombre temerario que me la regaló. Tras ella, llegan en hilera y se agolpan sin orden en el tiempo otras pérdidas que exigen su ración de recuerdo. ¿Dónde quedó el recorte de periódico que da cuenta del trabajo científico cuya conclusión es que el cerebro de las mujeres está más desarrollado que el de los hombres? Quiero encontrarlo para repensar eso de que en la zona de las emociones, los varones dejaron el interior de sus cabezas detenido en la época de los reptiles. ¿Por qué nadie comenta tan revolucionario informe? ¿Será que pasará inadvertido frente a la obstinación con que por siglos se ha creído que las mujeres somos seres menores, justo por los esmeros y la audacia con que nos buscamos en las emociones? ¿Dónde habrá quedado la pluma con tinta verde, la receta con el nombre de los chochos para el mareo, las semillas de níspero que quiero echar en el patio?

Tras concederles unos minutos a las pérdidas entran sin tregua los periódicos y su caos, la culpa, los buenos propósitos, la lista de artículos que no he entregado, las conferencias a las que no quiero asistir, la certeza de que escribo un libro que no le va a importar a nadie y la colección de autodepredaciones que semejante certidumbre acarrea. Doy vueltas, me acerco al reloj cuyos números laten iluminados a mi derecha y se abre paso en la telaraña encantada, como llama Bruno Estañol a la trama de relaciones entre la mente y el cerebro, el tema del insomnio en curso. ¿Quién, que padezca insomnio, no ha pensado en los últimos tiempos en el único tema que nos toma los días? Desde la hora del desayuno y la colección de noticias, hasta la hora de la cena y el enfrentamiento a sus varios y muy disímbolos intérpretes, en un solo tema —el país que habitamos— dividido en capítulos que suben y bajan en el escalafón según cobran o pierden relevancia, se ha vuelto nuestra obsesión, nuestra piedra de toque, nuestro motivo de agravio, nuestro pretexto para buscar o denostar héroes, para evadir o negar la ética que se funda antes que nada en la prohibición absoluta de matarnos como un modo de arreglar nuestros agravios y diferencias.

Se abre la noche, con su recuento de conversaciones llenas de sorpresa, de diferencias, de disgusto, con su irrupción de compasiones y su prolijo aumento de las dudas. Se abre la noche poblándose de preguntas. ¿Vale la pena preguntarse? ¿Las convicciones de cuál plaza cargan menos prejuicios? ¿Quiénes dudan y temen con más frecuencia de sus amargas o heroicas verdades? ¿Los paladines de cuál victoria temen más a su gloria? ¿No sirve la política para entendernos sin necesidad de atropellos? ¿Tienen los hechos vida propia? ¿Qué nos pasa por dentro? ¿Qué de toda esta maraña es lo esencial? ¿A qué horas el sol, el recuento de nuestras bendiciones, el poema? Nos insultamos. Caminamos sin razón y sin gloria a una guerra de todos los días. ¿Cuánto tiempo se puede vivir con esto a cuestas? Muchos males agravian nuestra tierra, pero aún aparecen escasos cuando nos tomamos el riesgo de imaginar lo que puede pasarnos si seguimos empeñados en el encono, las causas únicas, la inútil derogación de quienes no piensan o actúan como nosotros. ¿Hay salida? Elogiamos las armas de unos y denostamos las de otros. Nadie que mate o se lo proponga le hace bien al único país que tenemos. ¿A qué otra sorpresa nos enfrentaremos mañana? ¿Cómo dormir con las de ayer a cuestas? ¿De qué voy a escribir cuando amanezca? Todo me suena a buenas intenciones o a sermón, a querella o a disculpa. Todo puede ser leña para una hoguera que me aterra o fantasía de un cielo que no se vislumbra.

Hay quien dice que cuando la noche se parte en dos lo mejor es levantarse a trajinar como si fuera de día. ¿Pero qué hacer cuando también el día quiere partirse en dos y lasti-

marnos? ¿Cuando los pesares del insomnio amanecen intactos y uno no tiene ganas de ir con ellos al dentista? Porque el
dentista es un hombre probo y simpático que conversa sobre
su madre y su perro y la nueva técnica para tapar muelas sin
amalgama. ¿Qué podemos hacer? Pocas cosas. Pero entre las
dos que podemos elegir, hay una que nos conviene más porque entorpece menos la existencia: tomar aire, del contami-
nado, ver al cielo, gris, dejar los periódicos, intactos, y contar nuestras bendiciones.

Ciao Marcelo

Encontré el periódico sobre la mesa en que me disponía a pelar castañas, disciplinada y contumaz, como quien cumple con un rito que su estirpe celebra desde hace siglos. Lo miré de lejos con el mismo gesto hostil con que el tiempo me ha enseñado a mirarlo. ¿Qué puede haber en los periódicos de íntimo, de imprescindible? Hace años que los trato con más indiferencia que asiduidad. Y no lo lamento. Vivo bajo la recomendación que no me deja leer las ocho columnas antes de beberme despacio el último trago de café. Sin embargo, esa mañana algo me acercó irreflexiva y sin defensa hasta la gran foto de un hombre caminando que abarcaba casi toda la primera plana del tabloide al que alguna vez fui adicta.

El aire se hizo denso y una brusca tristeza se llevó mis deseos de café y navidades. El hombre que caminaba sobre el periódico, con la mirada redonda y cómplice que le conquistó el mundo, era Marcelo Mastroiani en la última escena de la película *Sostiene Pereira*. La cabeza del diario, que dirige una mujer brava, decía simplemente "Ciao Marcelo". Todo de un golpe, no me quedó más remedio que sentarme a llorar: huérfana y viuda. Marcelo Mastroiani, decía la nota, murió de cáncer en el páncreas, sabía de su mal hacía más de un año, lo escondió para seguir trabajando.

El resto del día lo pasé en busca de alguien con quien compartir la desolación. Mis hijos y su padre me miraron con más vergüenza que pesar, tragándose sus dudas sobre mi estado mental y dándose la complicidad que no podían darme. Llorar a un actor como si fuera un pariente, es algo que no se permitiría ni la precoz adolescencia de Catalina. No reírse de mí fue su más generosa concesión. Aún se las agradezco, no hubiera podido dar con las palabras que explicaran mi desafuero. Estaba tan maltrecha que habría recomenzado las páginas del diario privado que interrumpí hace quince años, cuando consideré que era un mal hábito llamar diario al cuaderno en que recalaba siempre que un lío del corazón o la cabeza me desquiciaba, pero del que huía en cuanto el trajín de la felicidad o el generoso desencanto me hacían interesante la existencia.

—No quiero que mis nietos imaginen que su abuela era una atormentada de tiempo completo. Si no voy a contar las dichas —porque como bien creyó Borges nunca dan para hacer literatura—, mejor no contar nada —dije entonces, y creo que dije bien.

No pasó mucho rato antes de que sonara el teléfono trayendo la voz de una amiga y luego la de otra y la de otra. Todas con el duelo común, rehicimos nuestra memoria y compartimos nuestra larga devoción.

—Todo el día ha sido de teléfono —oí que Mateo mi hijo le contaba a su padre en cuanto lo vio entrar en la casa.

—Era de suponerse —le contestó su padre. Tenía entre los labios el dejo de quien conoce lo esencial y lo da por sabido.

El señor de mi casa sabe que aún no he acabado de llorar a mi padre, tan bien como yo sé que ninguna mujer acaba nunca de llorar a su padre y que si una viudez duele dos veces, ésa es la incomprendida viudez de las huérfanas.

Mastroiani era de la generación de mi padre, de la misma

generación de padres que añoran tantas mujeres. Pero era también —sigue siendo— de la misma generación que fueron todos los novios que podamos llorar alguna vez. Penamos con su muerte tantas pérdidas, como fantasmas y fantasías haya querido darnos la vida. Ahí estaba su truco y su grandeza, en la serie inacabada de personajes que fue, que lo dejamos ser, mientras la oscuridad y su maestría nos lo entregaban joven, ardiente, sabio, desencantado, hermoso, viejo, cien veces entrañable como el agua y los misterios. A la mayoría de los actores uno los mira, los aprecia, como a personajes lejanos que hacen bien, incluso muy bien un trabajo que consiste en fingir cercanía. Muchos de ellos harían silbar a las mujeres, actores cuya sonrisa llevaría multitudes a una cama, hombres cuyos ojos, manos y piernas ayudan a fantasear cuando la tarde amenaza con tedio y se busca en el cine un afán con que matarlo, seres con los que casi toda mujer agradecería un romance. Sin embargo, sólo Mastroiani tuvo la destreza y la sabiduría necesarias para hacerles creer a miles de mujeres que él estaría más que honrado de visitar su cama. No para hacer un favor, sino dispuesto a recibirlo. Por eso, nadie ha conseguido como él volverse parte de nuestra dicha y nuestros duelos, apropiarse de nuestra intimidad hasta el punto de hacernos creer que con su muerte hemos perdido más que a un actor a un amigo, a un representante oficial de nuestro padre en la tierra, a un amor que tuvimos quién sabe cuándo, pero nosotros sabemos cuánto. Hay pérdidas como agujeros, que uno puede rodear cuantas veces quiera, pero nunca evitarse, nunca enmendar. Hay presencias que nos marcan, que nos cambian, que nos mejoran. La de Marcelo Mastroiani lo fue. De ahí que lo lloremos con la certeza de que algo de nuestra índole, algo privadísimo y noble perdimos al perderlo.

El cine es mejor que la vida

En 1995 el cine cumple cien años de tejer sus fantasías con las nuestras. Quienes hoy habitamos el planeta, hemos vuelto este prodigio una costumbre que sin embargo nos sigue sorprendiendo con su encanto. Cada día, el cine le cuenta más historias a más gente, y al parecer se apropia del lugar que antes fue de los libros en el corazón y los deseos de la gente. Me pregunta *Academia,* la revista del cine español: ¿Cuáles son, desde su punto de vista, las diferencias y cercanías que el cine tiene con la literatura? Enfrento esta pregunta prendida a la tabla de salvación que ofrece la frase: desde su punto de vista. Para mi desamparo no sé hacer teoría en torno a la literatura, mucho menos en torno al cine. Quienes nos encargamos de inventar mundos, sabemos decir poco de cómo lo conseguimos, y de cómo se enlazan nuestros medios. Decir que el cine utiliza la palabra y que de eso vive la literatura, decir que el cine imagina y que no hay literatura sin imaginación, decir que el cine nos regala historias fantásticas y que ésa ha sido desde hace siglos la primera ambición de la literatura, no es decir nada nuevo. Buscar quién tiene más derecho a la preponderancia, si el cine o la literatura, es perder el tiempo.

Hace diez años publiqué un libro llamado *Arráncame la vida*. De entonces a la fecha, lo he vendido tres veces para el cine y he conversado con posibles productores unas siete veces. Aún no sé si alguna de estas veces he compartido con mis compradores la misma idea en torno a lo que esta novela quiso decir. Todas estas veces, ellos han estado seguros de que la novela parece escrita para convertirse en película. Sin embargo, una primera vez el productor no pudo conseguir el dinero necesario para filmar una historia de época, otra me arrepentí al conocer a la extravagante productora mezcla de hindú y colombiana que llegó a la Sociedad Mexicana de Escritores, con su dinero bajo el brazo y una beligerancia verbal que asustaba, una más salí corriendo antes de entrar en tratos con un productor ambicioso y autoritario que pretendía hacerme tomar un curso de guiones, con el objeto de que yo misma trabajara en el salto febril y luminoso hacia un medio menos perdido que el literario. Esta última vez cedí ante la oferta de unos compradores que leyeron la novela en alemán, y le propusieron a mi imaginación la posibilidad de una película dirigida por un buen cineasta.

Debe ser un mal propio de la soledad con que los escritores tenemos que decidir el destino de nuestras historias, el caso es que firmé el contrato de venta, segura de que cometía una traición con el libro. No conforme con eso, cada vez que hablo con la suave mujer a cuyo cargo ha quedado el guión, entro en unas tristezas que sólo desaparecen cuando logro quitarme el asunto de la cabeza. ¿Qué necesidad tenía de compartir con otros mi trabajo? Yo había terminado con esa historia. Conforme o inconforme ya les había dado un destino a sus personajes, ya los había hecho hablar, odiarse y querer como mejor quise. Lo que otros sueñen o maldigan a partir de mi decisión, es asunto de otros, yo no tengo por qué corregirlo, ni explicarlo, ni pretenderlo distinto. Si quien leyó el libro quiere pensar que Andrés Ascencio mata al amante de su mujer porque se mete a hacer política, o prefiere pensar que lo mata por celos, es muy su decisión. Pero si al convertir la novela en película, quienes hacen el guión interpretan según su parecer, cosa que hacen, el escritor, si no ha conseguido la salud mental necesaria para desprenderse de su historia y cederla, como bien dice el contrato, pasará, como yo pasé, por una crisis de zozobra y arrepentimiento. Hace unos meses estuve en Nueva York, revisando la primera versión del libreto para *Arráncame la vida*. La guionista, una mujer inteligente, inventó unas escenas que para mi gusto confunden y no son necesarias. Cuando le pregunté cuál era su propósito, me dijo que el cine necesita mostrar lo que el libro sólo sugiere. Me hubiera podido decir cualquier otra cosa, no me habría convencido de nada que no fuera la certeza de que no debí venderle nada a nadie.

La guionista vive en Nueva York, casada con un alemán, y no entiende, por ejemplo, que Catalina Ascencio pueda seguir viviendo con su marido después de que intuye o sabe que éste mandó matar a su amante. ¿Cómo se lo explico? ¿Cuánto tiempo la pongo a vivir entre nosotros? ¿Cuántos años tendría que oír a nuestras abuelas? ¿Cómo le hago entender que el México de los cuarenta no es el Nueva York de los noventa? ¿Cómo impido que su cine cambie la historia que conté con palabras, con insinuaciones, con sugerencias? Me pregunto, si uno pretende que en la cabeza y las emociones del lector perdure la historia contada con palabras, ¿debe negarse a venderla para el mundo de las imágenes? ¿Para salvar nuestra versión de una historia hemos de negarle a esa historia la oportunidad de hacer su camino en otras cabezas y de otro modo? No lo sé. He aprendido que una diferencia clave entre el trabajo de un escritor y el de un cineasta, es que el escritor trabaja solo y condesciende poco. Deja sus mañanas y sus insomnios en un texto, y sólo con él debe sentirse comprometido. Después, si el cine lo toma por su cuenta, la historia será problema del cine y de su lengua, el escritor y sus fantasías son otro cantar. No hay regreso al sosiego que no pase por esta convicción.

Así, para cuando la película irrumpa con su propia moral en los sueños ajenos, uno estará curado y a salvo del penar que puede ser encontrarla tan distinta que parezca de otros. Será de otros. ¿Y qué importa? Si sólo de eso se trata la literatura, de inventar historias para que otros las hagan suyas. ¿Y de qué otra cosa, si no de esto mismo, se trata el cine?

¿Usted es la escritora?

Camino en las mañanas para hacerme al ánimo de que ha empezado el día. Durante los primeros minutos de andanza me dedico a sentir cómo despiertan mis ojos, mis dedos, mis tobillos. Pierdo la vista en el lago que acaricia un sol tibio y llamo al perro que siempre se retrasa o se pierde, seguro de que el tiempo es un invento que no se hizo para él. Hago el recuento de las obligaciones pendientes, de las culpas recientes (no he ido al dentista, debí meter el coche para que no se lo robaran ayer). Camino entre los árboles, veo saltar a los peces, navegar a los patos como barcos de seda, y de pronto todo es tan armonioso que uno se va olvidando de sus dientes, del cúmulo de cartas sin responder, de la ciudad agresiva y disparatada en que ha puesto a vivir a sus hijos. Voy caminando con el perro arrimado a mis talones, olisqueando la yerba, y soy una señora sin edad que no recuerda el ancho de su cintura ni el tamaño de sus deberes, una señora que igual podría ser pato, planta, nube.

—Perdone —dice la voz de un hombre alto y encanecido al que siempre sigue un perro viejo—, ¿usted es la escritora?

Está parado frente a mí con la hilaridad juguetona de su

boca, con más de setenta años en la frente, amable y drásti-
co como su pregunta.

—A veces soy la escritora —le contesto. El hombre vuelve
a sonreír. Nos hicimos amigos de caminata durante el último
año que trabajé en mi novela *Mal de amores*. No le gustaba el
título. Le parecía que la historia era más complicada que eso.
Lo convencí de que no hay títulos en los que quepa un libro.

—¿Qué hace cuando no es escritora? —me pregunta.

—Ultimamente soy un bulto parlanchín que va y viene de
un cuestionario a otro poniendo cara de foto.

—No se maltrate —dice.

—Me describo —le respondo. Empezamos a caminar juntos, se parece a mi abuelo, aunque tiene la edad que debía tener mi padre. Le cuento.

"¿Qué hago cuando no soy escritora? Créame que respondo cuestionarios. ¿De qué tipo? No sueñe con un solo estilo.
Hay de todos los tipos. La semana pasada estuve en la Argentina y respondí desde las inteligentes y audaces preguntas del
primer alumno de Kurt Skotzelkind, un filósofo judío recién
fallecido en Rosario, hasta la retahíla de ocurrencias que cruzó la cabeza de cuanto reportero debió cruzarse en mi camino. Desde ¿cuáles son las razones de su escritura? hasta ¿qué
es para usted la pasión?

—¿Qué respondió a esta pregunta infame?

—Respondí con una enseñanza de Skotzelkind: la pasión
es un sentimiento ambicioso.

—Se divierte, reconózcalo.

—La pasé bien en la Argentina. No tuve tiempo para andar las calles ni para sentarme durante horas en los cafés. Pero memoricé para siempre las rejas, los balcones que veía
desde la ventana del auto en que iba del hotel a la Feria del
Libro. Estuve en la plaza San Martín y caminé frente a la casa de Borges. Lo demás fue la gente y la gente valió por diez
ciudades.

—Creí que eran odiosos los argentinos.

—No es cierto. Sólo son enfáticos.

—País de carniceros —dijo alguno.

—Lo dijo un argentino. Eso los salva. Nadie ha dicho peores cosas de ellos que ellos mismos.

—El país de Perón y Videla.

—El país de Cortázar y Borges.

—El país de ese frívolo que es Menem.

—El país del cuarenta por ciento que no votó por Menem.

—¿Volvió usted fanática del tango?

—Escuché los tangos más oscuros y tristes que jamás se soñaron. Tuve tiempo una noche que se hizo madrugada frente a un hombre bajito y desentonado que dice el tango como ninguno.

—¿Mejor que Malena?

—Distinto, pero también inquietante. Los argentinos se extrañan del modo en que mis libros acceden a la intimidad y la cuentan como si fuera fácil, dicen que a ellos les cuesta hablar así. Pero yo sólo tuve pruebas en contra de semejante apreciación. Algunas inolvidables. Una muchacha como de veinte años que se acercó con su ejemplar de *Mujeres de ojos grandes* y me dijo: —Me llamo Liliana y acabo de irme a vivir con mi profesor de literatura. Ponéle ahí para Liliana que se fue con su profesor. Así le puse y cuando le devolví el libro lo besó. Al ver mi cara de sorpresa dijo: —Algo tengo que besar cuando él no está cerca.

Otra jovencita que hace poco era niña llegó con su ejemplar de *Mal de amores* y se detuvo frente a mí sin extender el libro:

—No me gustó el final —dijo—. Si yo hubiera sido Emilia Sauri seguiría a Daniel toda la vida y por todos los lugares que él quisiera. ¿Por qué no hizo eso Emilia Sauri? —preguntó.

—Porque dejó de tener quince años —dije yo para decir algo. Luego firmé su ejemplar avergonzada de ser tan vieja.

—Viejo yo y no me ando quejando —dijo el hombre al que

sigue un perro colorado—. Que tenga un buen día, trate de escribir aunque sea un rato. Se sentirá mejor —aseguró antes de despedirse.

Volví a la casa con su recomendación a cuestas. Yo no puedo escribir un rato. Sólo consigo hacerlo si paso seis horas encerrada y en calma frente a la computadora. Y tardo meses en saber cómo empezar un libro y quiénes lo habitarán. Quién sabe cuánto tiempo me tomará empezar otro libro, sentirme a gusto dentro del mundo que lo rija. Ahora tengo tristeza, no sé a dónde escapar cuando el mundo de todos los días se vuelve arisco. Extraño el país de los Sauri, la guerra de Daniel Cuenca, el sosiego de Antonio Zavalza, la desmesura de Milagros, el mal de amores de Emilia, la intensa vida de esos seres sin ratos muertos entre los que pasé todas las mañanas de los últimos años, mientras otros ardían de rabia o tedio. Pero eso a la gente no tiene por qué importarle, mi deber es dejar a esos personajes, soltar esa historia y asirme a otra. Nunca creí que tal deber llegaría a pesarme. Un periodista me preguntó si soy vanidosa. Yo le respondí que todos los escritores somos vanidosos, ¿se puede uno imaginar mayor vanidad que la que se permite quien se atreve a dedicar su tiempo, su vida a contar una historia que lo apasiona movido sólo por el deseo de que apasione a otros? Por un deseo tan intenso que a ratos colinda con la certeza de que otros quieren oír nuestra historia. Cargo la vanidad mientras camino, yo, que aún recuerdo a mi abuela afirmando implacable que uno nunca dice que es inteligente. Cargo la vanidad y la culpa de cargarla. Qué importa si me duele una historia, si me robaron el coche, si no sé cómo contestar a preguntas como ¿Nota usted alguna particularidad en el oficio de escribir que tenga que ver con el fin de siglo? o ¿Puede decirnos cuál es su lugar en la literatura femenina? ¿Cree en el amor? ¿De dónde saca usted la teoría de que es posible amar a dos personas al mismo tiempo? ¿Acaso le ha sucedido? ¿Tiene miedos? ¿Recuerda sus sueños? ¿Qué hori-

zonte prefiere? ¿Qué papel desempeña la política en su vida?
¿El país de ahora se parece al de hace cien años? ¿Cuál símil
le preocupa más? ¿Qué representa la religión para usted?
¿No le parece anticuado ser agnóstica? ¿Quiere usted alec-
cionar a la mujer dócil? En sus libros siempre hay amantes,
¿diría usted que un amante es igual a luz en las tinieblas?
¿Cómo es su proceso creativo?

—¿Mi proceso creativo? No sé.

—Busque una respuesta. ¿Por favor puede buscar una respuesta y mandarla por el fax?

—¿Proceso creativo? Se oye grandilocuente y peligroso.
¿Mi proceso creativo? Tengo pocas certezas, prefiero no hurgar en eso. ¿Cómo es que pensando en el embarazo de la cantante Madonna evoco a mi abuela materna? ¿De dónde me
saqué a un viejo adivino? ¿Se hace un príncipe azul con dos
hombres normales? No sé. El "proceso creativo" es azaroso,
desordenado y por fortuna inasible. De todos modos, hay
que volver de la caminata y sentarse seis horas diarias a fingir que uno sabe ir y venir con soltura por los túneles y los
abismos de semejante proceso. Lo demás son preguntas y
respuestas, vanidad y temores, viajes y decorado.

La manía de viajar

P or no sé qué motivo que ya no buscaré en los entresijos de mi inconsciente dado que a mi edad más vale buscar cualquier cosa perdida en el futuro con objeto de seguir caminando antes que detenerse a perder el tiempo en lamentar equivocaciones, viajar me cuesta cada vez más trabajo. Ahora me voy a Italia, y dada la sangre de mi padre, yo debía tener el corazón ávido de viñedos y pasta, de hombres y mujeres entusiastas y enfáticos como una parte de mí.

Sin embargo, siempre que la tarde anterior a un viaje se cierne sobre mí con el aviso de que he de abandonar mi agujero, tiemblo de pensar en dejarlo. Sé mejor que nadie que todas mis aprehensiones son vanas, que a nadie ha de pasarle nada grave en mi ausencia, que ni mis amores, ni mis aliados, ni mis historias serán menos cuando vuelva, que en mis viajes he de ver y querer seres extraordinarios a quienes luego escribiré largas cartas recordando el breve tiempo en que nos tuvimos, que de vieja invocaré con nostalgia el paisaje remoto y bellísimo que estoy a punto de contemplar, que nadie habrá más agradecido con su destino de lo que estaré yo al perderme en otras montañas y asir otros amaneceres, que la vida es buena conmigo aunque me esté dando a los cuarenta y tantos todos los viajes que ambicioné a los veinte. Sé todo esto y de todos modos viajar sigue poniéndome los pelos de punta como si cada vez fuera la primera.

Dice mi amiga Lola que yo soy la única persona que conoce que va de compras antes de irse de viaje. ¿Será porque tengo la provinciana certeza de que el Tegretol, el Redoxón, el rímel, los zapatos y las medias son mejores aquí que en cualquier otra parte? ¿Será porque creo de veras que mis viajes de trabajo son de trabajo? No lo sé. El caso es que es cierto, siempre hago compras compulsivas antes de irme de viaje. Pero ése no es mi único comportamiento extraño. Tengo varios más, y aunque creo que los disimulo mejor, los cumplo todos como un deber irrevocable. Síntomas de previaje son, por ejemplo, las siguientes actividades:

Despierto en las noches para ir a los cuartos de mis hijos a mirarlos como si fueran a desaparecer.

Visito al dentista, al homeópata y al doctor Goldberg y al doctor Estañol. Acto seguido pierdo todas sus recetas.

A cambio me inyecto vitamina B12 y me pongo a dieta.

Considero imprescindible caminar alrededor del lago alto, dos veces al día en lugar de sólo una.

Me despido durante largas y sentidas conversaciones de mi madre, de Conchita, de Elena, de Lola, de Maicha, de Guadalupe, de Lilia, de mi suegra, de María Pía, de mis hermanos y de todas y cada una de mis amistades, pero siempre me subo al avión segura de que no hablé con alguien a quien olvidé dejarle alguna postrera voluntad. Culpable siempre con quienes no encontré a última hora. Culpable también con quienes me encontraron de prisa y con alas en la lengua.

Mando la ropa a la tintorería y paso a recogerla cuando acaban de cerrar.

Cierro la maleta segura de que hará frío si la llevo llena de ropa ligera y calor repentino si cargo con el gran abrigo para la nieve que Brigitte Bardot se ha ocupado de amargarme.

Compro un perfumero para no cargar con toda la botella

de perfume. Luego nunca encuentro tiempo de llenar el famoso perfumero.

Me propongo llevar una bolsa con cierre por fuera para poner ahí el pasaporte y dar con él las trescientas veces en que debo encontrarlo durante el viaje. Sin embargo, sé que de cualquier modo el pasaporte siempre terminará en el fondo de la bolsa quitándome el aire cada vez que lo considere perdido.

Me pruebo un suéter de Héctor unos días antes y considero que ninguna ropa me ha ido mejor nunca y que me lo llevaré sin pedírselo prestado.

Invoco la memoria de mis amores imposibles y, como nunca, me creo que alguna vez fueron posibles.

Juro que no beberé ni una copa de champaña durante el vuelo, aunque me entusiasme como a la peor muerta de hambre que sea gratis.

Una semana antes de salir hago una lista con el menú de la semana y la dejo pegada en el refrigerador junto al dinero del gasto. Luego digo que coman lo que quieran y vuelvo a dejar dinero para el gasto.

Olvido pagar las colegiaturas.

Elijo los libros para el viaje como si en vez de una semana trabajando fuera a pasar un mes tirada en una playa.

Me propongo no volver a salir de México sin haber conocido Campeche.

Leo los periódicos para estar segura de que serán idénticos a los de cuando vuelva.

Me descalabro una espinilla contra el mostrador de una tienda.

Lamento que mi viaje no sea a una playa.

Sueño que pierdo a mi perro y que mi perro me pierde a mí y que ambos estamos desolados. Cuando despierto lo tengo encima lamiéndome la cara como si yo fuera un helado y lo abrazo como si él no fuera un montón de pelos polvosos y bullangueros.

—Hueles a chiquero —le digo— y te voy a extrañar, pero no te preocupes, no me va a pasarte nada. Si te aburres, piensa que a ratos me gustaría ser tú y quedarme aquí persiguiendo un horizonte de ladridos lejanos y masticando galletas y durmiendo contra el sol de las diez de la mañana. Y cuídalos a todos y piensa que sólo a ti te digo cuánto voy a extrañarlos a cada rato.

Me asomo al smog de las siete de la mañana y lo respiro como si aún fuera el aire de la región más transparente. Miro una bugambilia y un jacarandá y digo como si oyera todo el mundo: no creo que haya en el mundo colores más audaces, ni creo que me haga falta ir a buscarlos. Luego me regaño por provinciana y por miedosa.

Me pregunto si cambié suficientes dólares y los busco durante horas sin dar por dónde los puse. Maldigo mi previsión. Vuelvo a proponerme conocer Campeche antes de aceptar el próximo viaje. Y así hasta que llega la hora de irse y aparece Verónica, mi hermana, con una luz entre los dientes.

—Vámonos a Italia —digo entonces. "Piovvera dentro a l'alta fantasia".

Lo que guarda el río

Nos fuimos a Italia como quien va río arriba, en busca de algo que dejamos atrás quién sabe cuándo.

Así hacemos a veces mi hermana y yo, regidas por un acuerdo tácito que tenemos de siempre los hijos de Carlos Mastretta (ahí atrás se quedó algo que vale la pena buscar aunque no sepamos de cierto qué cosa es, porque, en cambio, sabemos bien cuánto significa). Como sabe todo el mundo, eso de lo que se habla poco, poniendo los ojos en un horizonte vano y haciendo como si se hablara del clima, es algo lleno de un significado intenso y arduo.

Por eso fuimos a Italia el mes pasado, aunque el pretexto haya sido mi absurda obligación de promover un libro que, como bien dice un sabio, se vende, igual que todos los libros, en la máquina de escribir o en ninguna otra parte. Pero esto algunos editores no están siempre dispuestos a aceptarlo, porque quién sabe qué ley les aconseja que es útil usar al escritor de vendedor.

Escribir, viajar y promover son tres verbos que se conjugan de distinto modo y se viven de un modo aun más distinto. De ahí que parezca imposible conjugarlos a un tiempo y que uno termine sintiendo que vive dentro de un equívoco cuando se empeña en semejante juego. Pero esto, claro, lo pienso siempre cuando ya estoy en un vuelo entre una ciudad y otra, exhausta de escucharme contestando preguntas parecidas. Gajes del oficio en estos tiempos, hay que decirse mientras se empeña uno en dar con el momento de escaparse a hacer turismo cuando nadie nos ha dicho que quería pagarnos un viaje de placer.

Lamentaciones aparte, llegamos a Roma tras un vuelo a saltos, para encontrarnos con la noche cuando debía ser la mañana, y a caminar la ciudad olvidando que al día siguiente tendría yo que empezar a hacer malabarismos con mi tiempo y mi espíritu. Porque el día siguiente se veía muy lejos en nuestras cabezas enredadas al aire hospitalario de una ciudad habituada a recibir a los extranjeros para hacerlos sentir que en ninguna otra parte caben mejor sus fantasías y su desvelo. Caminamos por Roma esa noche, seguras de dar un paseo conocido y por lo mismo entrañable. Hace tanto tiempo que Roma se parece a sí misma, que no cambia su esencia devastando el pasado sino haciendo del diario el trabajo de recuperarlo, que uno puede volver tras diez años y sentir que se fue la semana pasada, uno puede volver a las fuentes y al Tíber, a un puente corroído tras otro, a una calle cerrada y ocre idéntica y audaz como ella sola. Cenamos en una trattoria llamada "Otelo", conversando bajo la mirada de Carlo, el introvertido y complejo ser humano heredero de la editorial Feltrinelli. Era tarde y en las mesas de alrededor la gente había terminado su pasta y jugaba a la baraja como si fuera lógico. No me puedo olvidar del gozo simple y loco que había en el aire. Luego salimos a la Plaza de España y compramos ocho castañas asadas por algo así como cuarenta pesos. Carlo dijo que nos estaban estafando, pero nosotros probamos el cielo a media calle y no nos importó.

Al día siguiente y al siguiente tuve que hacer un despropósito tras otro para cumplir con el ritual de promover el *Male d'amore.* Tuve, para decir lo peor y ahorrarles las migajas de tedio, que acudir a un programa de televisión llamado "Constanzo show", coordinado por un señor mezcla implacable de taxista conversador y cura de pueblo, que a decir de los editores tiene la más grande audiencia del país. Además de soportar dos horas y media de un espectáculo en vivo en el que participábamos al mismo tiempo un mago y una mujer que, dada la lentitud de la justicia italiana, debía entrar a la cárcel cinco años después de haber encontrado la vida útil y respetable que no tenía cuando cometió delitos contra la salud, robos y otros desfalcos (esta buena mujer lloraba con la sola mención de su nombre y su circunstancia, cosa que el tal Constanzo hacía cada vez que necesitaba tocar los sensibles sentimientos de su atribulado público). Había también una vedette como de plástico, con el cabello pintado de rubia, un brillantito encajado en la nariz y todo el rímel que pueda circundar los más azules ojos azules. Por supuesto tenía unos pechos como pelotas de tenis y una cintura flexible y diminuta que tiñeron mi ánimo de una nostalgia inexorable por el cuerpo que nunca tuve. A la vedette la acompañaba un actor maduro de esos que han alcanzado cierta fama pero de ninguna manera la que creen que se merecen, quizás por eso hablaba con una voz pegajosa y tenía los mocasines tan brillantes. Por supuesto, había un político haciendo el ridículo. Me habían dicho que ése era un programa al que iban políticos, a él seguro le dijeron que era un programa al que iban escritores, ambos estábamos completamente fuera de lugar, pero cada vez que él hacía el ridículo conseguía como por reflejo que yo me sintiera dos veces más ridícula que él. A la mezcla se agregaba un señor pidiendo justicia porque a su hijo lo había matado la policía colombiana cuando él era sólo un turista en tierra de nadie, y como si algo faltara invitaron también a un profesor que llevaba a mostrar su libro sobre Bosnia como quien muestra sacramento. Semejante mezcla yo no la había visto ni en la más burlona película de

Fellini. La cuento para tratar de exorcizar la sensación de pánico que aún me provoca su recuerdo.

Por fortuna, entre una cosa y otra, dábamos siempre con mesas llenas de verdura frita, de calamares rebozados, pastas con albahaca, quesos y postres. Podría hacerles una descripción de cada menú, de cada invaluable tregua con las piernas bajo la mesa, "sotto il tavolo", donde según decía Carlos Mastretta el tiempo no cuenta y la gente no envejece. A nosotros nos gustan los vinos italianos, que no tienen el prestigio de los franceses, pero acercan más a las uvas de las que vienen. También nos gusta el café que preparan ahí con nuestro café y que adivinar por qué les queda mejor que a nosotros. Comer en Italia es privilegio de dioses. Un privilegio que por suerte se evoca como un ensalmo capaz de iluminarnos la tarde con el puro recuerdo de una tarta rellena de queso ricotta y chocolate oscuro. Mi hermana prefiere evocar las alcachofas fritas, también tiene razón. A todo esto nos acercamos gracias a la gracia y el talento vital de un hombre alto, setenta y algo de años, con las manos más grandes que yo haya visto. Si es verdad eso de que el corazón tiene el tamaño de nuestro puño cerrado, es lógico que Carlo Conticelli, como se llama esta leyenda romana entre los libreros y sus amigos, fue para nosotras una aparición de esas con las que la vida compensa lo que se lleva sin más. Se convirtió por eso en una de las claves con las que descifrar ese algo que sabíamos río arriba. Su gusto por la vida, la rapidez de su palabra, la virtud de su risa y sus historias bastarían para justificar un viaje a la luna.

El miércoles tomamos un avión para Milán. Carlos Mastretta vivió cerca de ocho años en Milán, haciendo quién sabe qué. Hay que creer que no tuvo tiempo de contárnoslo, porque es probable que si la vida le hubiera durado más allá de los cincuenta y ocho, él habría llegado, como el agua, al momento en que los recuerdos pesan más que el presente por pesado que resulte el presente. Durante todo el miércoles no tuve tiempo de mirar Milán, me llevaron de una entrevista a otra y de ahí a un almuerzo multitudinario cuyos señoriales invitados se preguntaban como yo qué hacían ahí. Era un ir y venir de conversaciones desordenadas y mala comida en el que varias celebridades se preguntaban qué tan verdadera sería la celebridad de la celebridad a quien la anfitriona tenía el gusto de presentarle. Alegraba el fastidio de semejante tumulto la presencia de dos famosas de la moda: Kritzia, la de los perfumes, las sedas y los desvaríos, y Prada, la de los plásticos, y la extravagancia posmoderna capaz de pagar más caro el hule que el cuero. Tales personajes, como está claro, son enemigas. ¿Qué diría Stendhal de la nueva nobleza de Milán? Tema, estoy segura, no le faltaría.

La mañana siguiente tomamos un tren hacia el Venetto. Ahí volvimos a encontrarnos con la fuerza de las cosas que el río nos tiene guardadas.

Vivir con lujo

La segunda parte del viaje a Italia terminó en Chichén Itzá, la extravagante noche en que Pavarotti le cantó a la pirámide y al aire de la selva, acompañado no sólo por la orquesta de Bellas Artes sino por todos los grillos y las ranas que pudieron congregarse, para no dejar solos a quienes desde nuestra silla murmurábamos como una oración la letra de las canciones que nos bendecían. Entre Venecia y Pavarotti medió una vertiginosa vuelta a México y un viaje de tres semanas por los extenuantes Estados Unidos de Norteamérica. Un viaje solitario y caviloso, cruel como una aberración, imprescindible en mi experiencia casi tanto como los desfalcos de un mal amor y, según mi juramento, irrepetible, como tales desfalcos. ¿Por qué empiezo por Chichén Itzá? No porque el viaje al Venetto sea poco memorable, no porque la cena en casa de la tía Angelina no haya sido elocuente y conmovedora, no porque no quiera recordar la algarabía de mi encuentro con lectores en un pueblo pequeño y remontado que responde al nombre de Conegliano, no porque Venecia haya sido menos hermosa que antes o porque sus calles torcidas y sus canales como un sueño anaranjado me hayan marcado menos que otras veces, sino porque volví turbada de aquel viaje y todavía turbada lo encimé con otro en el que amanecer era echarse a andar hacia un aeropuerto y anochecer era sólo el permiso de un breve desmayo antes de volver a empezar. Volví de esos dos viajes harta de andar vendiendo libros, harta de la distancia y segura, completamente segura de que disfruto nuestro país como al mejor del mundo, de que todos los lujos que ambiciono caben en él. Y eso quiero contar, el regreso a esta trampa, a esta diaria, inagotable sorpresa, a esta paz llena de quejas, cercada por un volcán que echa cenizas y un cielo que cada tanto amenaza con caernos encima con sus trescientas imecas. Nadie puede creerlo, pero no volví cansada tras un mes de viajar sin tregua ni recato, sin siestas ni concesiones. Al contrario, una energía de montes se metió en mi cuerpo confundida con el afán de ver el mar, de subir un cerro, de andarme los alrededores de Puebla, el cielo entre aquí y Guadalajara, la ciega luz que me devuelva los pájaros, las campanas, la certeza de que tengo un lugar en el mundo, un agujero en el cual reconstruirme, unos brazos en los que dar conmigo misma.

No hay alondras ni abismos, ni tangos ni boleros mejor plantados que los que uno se encuentra a la vuelta de su esquina. Esa certeza me tomó el corazón cuando llegué a Cancún desde Denver la noche del viernes anterior al concierto de Pavarotti en Chichén. Lo he contado mil veces a quienes han querido oírlo, pero es que me gusta el recuerdo de la brusca sensación de agradecimiento que me tomó al entrar al baño del aeropuerto y encontrarlo menos albeante y ordenado que aquellos de los quince aeropuertos pasados en los Estados Unidos. "Podría lamer este piso", me dije. Era tal mi nostalgia y tanta mi necesidad de dar con el país que tanto nos cuesta llamar nuestro. Me sentí bendita por el sagrado aire de Cancún, mil veces más bendita que frente al público de Nueva York, mil veces más segura de estar donde quiero. Viajé cinco horas para llegar hasta la hacienda de Temozón, un lugar en el corazón de Yucatán que parece estar en la mitad de ninguna parte y en la cual encontré la deambulante y heroica recepción del historiador Aguilar y nuestros dos hijos. Salieron a la oscuridad de las diez y media de la noche en una hacienda del siglo pasado, y los recuperé como si hubieran salido del fondo mismo del siglo pasado. Yo volvía de la cuna y la gloria de los errores y malos hábitos que este fin de siglo pretende imponer a sus habitantes. Así que los abracé como a la primera y más precisa representación de lo que según las reflexiones de Hans Magnus Enzensberger serán los lujos del siglo que viene. A su decir: el tiempo, la atención, el espacio, la tranquilidad, el medio ambiente, la seguridad. Ese fin de semana y desde entonces hasta el fin de mis precarios tiempos, me dispuse a hacer con mi tiempo lo que más me gusta y a poner mi atención en donde más se me antoje. Los dos primeros lujos que según Hans Magnus serán cada vez más difícil encontrar. De remate había silencio alrededor, no imagino mayor tranquilidad y menos falta de ruido, el medio ambiente era impecable, sobre todo para quienes gustamos del calor, y la seguridad estaba a cargo de la nada que nos rodeaba. Tantos hijos de golpe me provocaron unos deseos incontenibles de celebrarlos, a las cinco de la mañana de un día que había comenzado hacía veintidós horas, que me había impuesto dos vuelos de avión y un largo viaje en camioneta, no había manera de contener mi contento ni de callarme la boca. Llegué a la noche de Pavarotti con diez horas de sueño divididas en tres días y ni una pizca de cansancio mostré en el largo peregrinar hacia su encuentro ni en el aun más largo regreso hasta la hacienda de Temozón. Hay quien se da el lujo —un lujo necio— de decir que Pavarotti cantó poco tiempo, que ya no tiene la voz de antes y quién sabe que otro bárbaro retobo. Yo no me quiero llevar a la tumba el agradecimiento para el historiador Aguilar y nuestro cómplice de licencias varias Alejandro Quintero, quienes me convidaron a las delicias de semejante sueño. Hacía muchos meses que mi tiempo, mi atención, mi espacio, mi tranquilidad, mi medio ambiente y mi seguridad no eran las mejores. Lo único peligroso de tanta "completud", como diría la China Mendoza, es que me gustó y me he propuesto alcanzarla al menos cada fin de semana, y si eso es pedir demasiado, digamos entonces que al menos cada dos.

Así que una semana después me permití una tarde entera caminando bajo la luz y las sombras de ese prodigio que ha sido siempre el volcán Popocatépetl. Ahora mejorado, cosa que nunca imaginé posible, porque escupe cenizas recordándonos la magnitud de su fuerza y su paciencia. Dijo Borges que no se puede contar la felicidad. Borges siempre dijo bien. A los otros les aburren las alegrías ajenas, a uno lo avergüenza permitirse la descripción minuciosa del cielo que lo trastocó. Peor aún, no sabe cómo reducir a palabras la ingenua dicha de caminar sobre la tierra en que nació con la boca abierta y las horas, el aire, el horizonte y la parentela como la más imprescindible compañía. Mientras caminamos mi cuñado se empeña en convencerme de que ha visto atardeceres más deslumbrantes.

—Porque se dedica a verlos todos —dice mi hermana que es una ecóloga mezclada de pintora, radiodifusora y financiera, una mezcla que se da pocas treguas.

—Los veo todos porque eso quiero hacer en la vida —aclara el cuñado que en su segunda educación está empeñado en ser el pescador de su historia. Una historia que oyó no sabe dónde y que dice así:

"Había una vez un pescador sentado a la vera de su mar con una caña y el paisaje por compañía. Al verlo ahí solo, concentrado y, en apariencia, aburrido, se le acercó el prototipo del hombre eficaz y le preguntó cuántos peces pescaba cada día. El pescador respondió que los necesarios para su comida.

"—Pero le sobra tiempo —dijo el emprendedor—. Podría usted pescar más y venderlos. Con eso pagaría ayuda y podría pescar más cada jornada. Podría usted incluso montar una compañía y vender lo que le sobre. Con lo que gane ahí puede conseguir financiamiento y comprar varios barcos y exportar. Cuando consiga todo esto, tendrá dinero suficiente para dedicarse a hacer lo que quiera.

"—Lo que sucede —dijo el pescador sin perder la paciencia— es que ya estoy haciendo lo que quiero".

Bajo esta premisa, el viernes siguiente nos propusimos subir hasta la iglesia de los Remedios, en la punta de la pirámide de Cholula. Eran las vísperas del día de la Santa Cruz. Subimos todavía sin perder el aliento, llevando a nuestros hijos a cumplir con el rito de contemplar el mundo desde la cumbre en que tantos otros quisieron mirarlo. Arriba nos esperaba no sólo la sorpresa de que la tierra sigue teniendo el mismo color que tenía hace más de treinta años, sigue salpicada con los huertos de flores y las decenas de templos que honramos hace tiempo, sigue abrigando muy cerca el hospital para enfermos mentales al que nos asomábamos de niños como quien se asoma a un pozo de sorpresas.

Un grupo de jóvenes ruidosos estaban a cargo de hacer sonar las campanas y tras ellas arrancó a tocar la banda más cautivante que hayan visto mis ojos. Una mezcla armoniosa y bien organizada de alientos de todos los tamaños tocados por el grupo humano más disparejo y acorde que haya formado nunca una banda. Desde un pulcro viejo de casi noventa años soplando sobre una flauta, hasta un niño de doce moviendo el pie al tiempo que sonaba un saxo, desde un hombre cuya barriga sostenía un trombón y tres meses de mugre hasta una niña acicalada como mariposa tocando un clarinete como si fuera a volar.

—Antes de ir a Italia —pensé que debía decirle a mi hermana—, tenemos que pasear a nuestros hijos por todas estas tierras y todas estas bandas. No sea que terminen de crecer sin haberse saciado con los lujos esenciales de este lado del mar.

Las olas: ritual y democracia

Mientras la ciudad se ensuciaba de plásticos haciendo propaganda electoral, tuve la audacia irresponsable y dichosa de volver al mar con mis hijos. Usé como pretexto para atrasar más todo lo que ya llevo atrasado, el hecho de que ellos y sus primos terminaron el año escolar sin tener que hacer exámenes extraordinarios ni caer en trifulcas de esa magnitud. En mis tiempos, mi madre hubiera dicho que eso era apenas lo debido y que ni una colección de dieces era para aplaudirse demasiado, porque estudiar es el deber de los niños y si para algo está uno en este mundo es para cumplir con su deber. Pero en la era de la democracia las cosas se han puesto más difíciles para los padres y para cualquier otro al que la vida haya dejado en el difícil camino de hacerle a la autoridad. Así que para estar a tono con los derechos y prebendas de quienes detentan el poder del voto, hice la voluntad de mis hijos. Y para estar a tono con la complacencia democrática de toda autoridad que se respete en la era de la democracia, me di permiso de ir al mar sin culpas ni remordimientos.

Hacer que los hijos traten con el mar, los placeres y los descalabros con que éste puede sorprendernos, debería estar en los programas de estudio de toda buena academia para la vida. Al menos eso se piensa en mi familia, donde el rito de lidiar con las olas es uno de los más respetados y serios entre nuestros rituales. Debo aclarar que entre tales rituales hay algunos de arraigo tan profundo como este de torear las olas, que resultan, sin embargo, menos respetables. Uno es el de mirar a las personas de confianza con abuso de confianza y espetarles en mitad incluso de la más solemne de las conversaciones: "tienes un punto negro". Tal cosa, que podría resultar un agravio para cualquier persona sensata, recibe como respuesta entre los miembros de nuestra familia un correcto y urgente "mil gracias, quítamelo". Empeñarse en que el cónyuge acepte tal costumbre puede poner a las parejas al borde de la separación, sin embargo no sé de cónyuges que se hayan opuesto, aun estando en contra de que tal costumbre se practique en su persona, a que ésta sea heredada a los hijos junto con los otros tesoros del patrimonio familiar. Por lo demás debo decir que en todos los casos de los que tengo conocimiento los hijos han aprendido el ritual con más placer que sorpresa. En nuestro caso, Mateo, que empezó cobrándome por cada intento de tocarle la cara, ahora se presenta en mi recámara a las horas más impropias con un índice sobre la frente y un autoritario "quítame esto", y Catalina ha llegado al extremo de hacer proselitismo. Hace poco me honró descubrir a su íntima amiga aceptando con el mismo "gracias, quítamelo cuanto antes", entrar en un ritual que al principio a ella y a su madre les parecía no sólo de mal gusto sino absolutamente bárbaro. Mi cónyuge se ha portado comprensivo con semejante manía, si bien no he conseguido que la considere plausible, al menos jamás se ha opuesto a ella calificándola de peligrosa. Por desgracia no ha sucedido lo mismo en el caso de las olas. Ese sí es un asunto que permanece abierto como un acantilado entre nosotros. Vivir la primera infancia junto a un mar que de la noche a la mañana pasó de ser manso como agua de laguna a devastar el desde entonces heroico pueblo de Chetumal, le dejó el corazón y la cabeza poblados de aversiones y prevenciones lógicas, pero no por eso menos refutables por una militante del rito de ir a las olas como quien va a un partido con la vida. Un rito aun más importante —movido por un deseo cien veces más decisivo que cualquiera de los otros ritos— incluso, en el que nos enseñó a reverenciar la democracia. Cada quien crece donde le toca, yo crecí lejos del mar. Creo que por eso les temo a los volcanes y nunca intentaría escalarlos, pero en cambio voy al mar como a las tentaciones. De ahí que haya considerado crucial educar a mis hijos en tal vicio. Los primeros años fueron arduos, porque su padre se oponía con la misma vehemencia con que se opuso el mío. Pero yo tuve para eso la misma contumacia que mi madre tiene para todo. Con lo cual conseguí, como mi madre, que el padre de las criaturas opte por no ir al mar con nosotros. Vale aclarar que la familia heredadora de ritos es la de mi madre, por más que la familia de mi padre nos haya heredado la habilidad para mitificar tales herencias.

Durante esta semana cerca del Caribe, con el rito y la voluntad mitificadora, he conseguido que mis hijos aten a su corazón el deseo del mar como juego, como reto, como parábola. Lo mismo si el día estaba nublado que si llovía o si el sol era pródigo hasta comernos, pasamos cinco días hundidos en el agua salada. Eramos seis, contando a los primos herederos de la tradición y a la amiga que ha terminado asumiendo nuestros rituales como propios. Seis adolescentes contándome a mí, pensé una noche exhausta tras un día de feria. Recordé a mi tía Alicia, eufórica y bronceada, gritando hace treinta años con la vehemencia que era su bandera "¡por arriba, por arriba!" para luego soltar su risa como una canción cuando la ola pasaba jugando sin hacer daño. "¡Por abajo, por abajo!", antes de perderse en el remolino que nos llevaría quién sabe a dónde.

—Las olas —dije esa tarde durante la puesta de sol, poniéndome filósofa frente a la ironía de mis adolescentes—

son como los problemas: a veces uno los libra saltando, a veces hay que hundirse en ellos y tomarlos por abajo para salir bien librado y, a veces, es imposible evitarse la revolcada.

—Sí, mamá —dijo Mateo ladeando la sonrisa—, y la vida es muy bonita y nosotros tenemos que estar muy agradecidos con nuestro destino por estas vacaciones de privilegio...

—Y cuando tengamos cuarenta y siete años vamos a recordar esta tarde frente al sol anaranjado como una de las mejores de nuestra existencia —agregó Catalina imitando la voz que uso cuando me ponga profeta. Todos rieron prolongando el escarnio hasta que la media luna de los árabes se encaramó en el cielo junto a su estrella.

No éramos seis adolescentes, me corregí en la noche al recordarlos, hace ya rato que pertenezco a la camada de los que aleccionan. No está mal para tener cuarenta y siete años, estar segura de que vale todo el oro del mundo ver el oro del sol hundirse en la tarde bajo el inmenso mar, ambicionar ya que alguien recuerde alguna vez mi fiebre de hoy con la misma fuerza con que yo atesoro la que vi en otros, y seguir dispuesta, empeñada, debo decir, en que me revuelquen las olas.

Una cabeza para Jane Austen

He pasado la tarde buscando mi cabeza. Tal vez de entre todas las cosas que fui extraviando durante el día, la cabeza fue lo primero que dejé quién sabe dónde, pero sólo al sonar las seis vine a darme cuenta precisa de que me hacía falta sentirla sobre los hombros. Una llamada preguntando por el señor de la casa, terminó en mi oreja por la sencilla sinrazón que hace pensar a otros que cuando el marido no está disponible, su señora, como bien se la considera, debe sentirse dichosa de recibir el mensaje que confirma una cena o requiere una cita. Yo habría recibido la información mecánicamente, si la secretaria que dejó el mensaje no se hubiera disculpado por darme semejante molestia. A mí, una escritora cuyos libros ella dijo apreciar tanto. Le agradecí la cortesía sin explicarle que me resultaba sorprendente. Ella no tiene por qué saberlo, pero yo no siempre soy yo la escritora. A veces parezco más bien una especie de persona moral que no paga con tino sus impuestos, o una persona física con mal físico, o una persona sin personalidad, o una persona inmoral. Soy tantas y no siempre sé bien cuál soy. Cuando colgué el auricular empecé a preguntarme por mi cabeza. Me dije que tal vez estaría en el cuarto de Mateo. Yo acababa de pasar por ahí, me había extrañado la televisión apagada, pero el muchacho en que se ha convertido el bebé de hasta hace poco, me explicó que leía *Los cazadores de microbios*, libro prodigioso que la maestra de biología se empeña en dejarles resumir cada vez que se cruza una vacación. "¿Por qué les dejan tarea en las vacaciones?", pregunté. Detesto que les dejen estudiar en vacaciones. Pero eso lo detesto con el estómago, así que ahí ya no tenía la cabeza. Pudo haber sido antes, cuando estuve en el cuarto de Cati, pero con ella y su amiga Lumi hablé de una dieta, de una telenovela, de unos ejercicios para enderezar la espalda. Ahí no dejé la cabeza. Lo que me roba Catalina cada vez que hablamos largo de cosas leves, es el alma. ¿Se me quedaría en la tienda de Fonart? Fui ahí con Verónica, mi hermana, justo después de comer en mitad de un calorón que me llevó a comprar sin dudarlo un espejo de hojalata presidido por un sol y dos lunas. Estaba hermosa la tienda a pesar de su techo de asbesto como una plancha sobre nuestras ¿cabezas? No. Ahí ya no tenía la cabeza, si la hubiera llevado me habría dado cuenta de que la estaba perdiendo frente al baúl de olinalá poblado de mariposas que cuesta tres mil pesos. ¿La habré dejado en el restorán japonés? Comimos ahí cinco adolescentes y dos adultas. ¡Qué desorden de arroces y quejas! Le advertí a Verónica que no volviera con sus hijas a dieta porque así no tiene chiste pasearlas. Ahí ya no tenía la cabeza, me hubiera detenido al tercer rollo de aguacate con anguila. Quiere decir entonces que la perdí desde la mañana. Tal vez desde antes de salir a caminar. Por eso fue que no tuve que rehuir el encuentro con los periódicos, ningún razonamiento en torno a la necesidad intelectual de estar informada me hizo moverme a buscarlos. A la hora de los periódicos ya estaba confundida con la desaparición de unos cheques a los que llamo "mi quincena" y que el señor de la casa tuvo la generosidad de recordarme que eran "su quincena". Llamarlos "mi quincena" suena a que cobro por mal administrar la casa, y eso tampoco es cierto. Tiene razón el señor que pastorea, alimenta o elude mis conversaciones en torno a la gravedad de mis pérdidas. Ya no puedo ir más lejos. Hoy en la mañana perdí la factura del coche con que, esperanzados en que un día nos pagara el seguro, repusimos la mitad de la camioneta que nos robaron el mes antepasado. Perdí la credencial de elector que usé para identificarme en el banco, perdí mi bolsa, una lupa tamaño carta que heredé de mi padre y que cada vez necesito más veces, perdí tres plumas, el número de teléfono del carpintero, la correa del perro, la receta del homeópata, la caja con libros para dedicar, la idea del tiempo. Todo lo fui perdiendo o extraviando, como debe decirse para que nadie piense que uno sospecha de robo. Y la culpa de todas esas pérdidas, vine a saberlo con claridad hasta entrada la tarde, la tiene el primer y único extravío imprescindible: el de mi desorientada y divagadora cabeza. No es bueno divagar, me dije tras despedirme de la solícita secretaria. Al menos no debo permitírmelo cuando el día se deja venir con mil cosas por delante. ¿En dónde estaba cuando empecé a divagar?, me pregunté. ¿En la regadera? No. Antes de eso. Antes de hacerme al ánimo de abandonar mi cama. Cuando al salir de la duermevela volví a soltarme la cantaleta de todas las últimas mañanas. Después de años de encierro y guerra interna, pero paz con los otros y cielo completo para mí sola, la publicación de *Mal de amores*, al que llamo mi último libro y quisiera llamar el más reciente, ha llegado a intensificar mi certidumbre de que los escritores son siempre más inteligentes, más cercanos y nobles por escrito que cuando el público les concede la palabra y los editores les piden que la ejerzan hablando por un lado y otro de cosas tan inexplicables y remotas como de qué se trata su libro. Eso fue, estaba pensando en eso, cuando invoqué a Jane Austen que escribe y rescribe en su casa húmeda. Sin que nadie más que su familia alentara su espíritu fiero y su vena crítica, sin que sus contemporáneos apreciaran la ligereza y la gracia de su prosa. Dejé la cabeza con Jane Austen a principios del siglo diecinueve, sentada mil tardes, rehaciendo un libro al que primero llamó *Elinor and Caroline* y diez años después rebautizó como *Sense and Sensibility*. Jane Austen, la hija de un presbítero, soltera, solterona, sin editores ni más público que su madre y su hermana, esperando al tardío siglo veinte para ganarse un Oscar. Bendita Jane Austen, hice bien dejándole mi cabeza. Ya pasaré a buscarla cuando empiece otro libro.

Don de olvido

Cuando alguien echa la cabeza hacia atrás mientras entrecierra los ojos en un gesto de ensueño nunca falta quien le dice al oído "recordar es vivir".

Sin embargo, tal vez a la vida nos mueva más la capacidad de olvido que los recuerdos.

Si uno lo recordara todo, mil veces el dolor nos impediría seguir adelante. Ya lo sabemos, pero es útil atenerse a los ejemplos más triviales, si un bebé recordara los golpes que se busca en el intento, no caminaría jamás. Y desde ahí hasta la última borrachera, mil placeres no repetiríamos si recordáramos antes el dolor que pueden causarnos.

Claro, quienes me conocen pueden pensar que todo esto lo digo movida por el resentimiento, dado que cada día me falla más la memoria y me estremece con sus golpes el olvido.

Alguien, por supuesto no me acuerdo quién ni dónde, contaba la inteligente maldad de un escritor que al describir la cara de otro decía displicente Fulano tiene una cara de esas que se ven y... se olvidan.

Quizás aquel escritor sí lo decía con malicia, pero lo que es yo, lo digo con vergüenza porque cada día olvido más caras y sobre todo cada vez olvido mejor los nombres que las acompañan.

Tengo para consolidar mi certeza de que el olvido es algo que no se debe a la edad sino a la carencia de alguna neurona, la pena y el júbilo de vivir con un memorioso, alguien que no olvida jamás el primero, segundo y tercer apellido de cualquiera con quien haya cruzado tres palabras, ya no se diga si éste es intelectual o político. Tampoco olvida dónde fue que lo conoció y qué ha hecho de útil o inútil en la vida. Sé de remate que si ahondo más y le pregunto cosas como cuándo fue la última vez que lo vio en el periódico y qué era lo que estaba declarando, lo sabe. Me guardo de preguntarle qué estaba haciendo esa persona cuando lo declaró porque de sobra recuerdo que los periódicos sólo registran las declaraciones, los hechos son algo que consideran de segunda.

También tengo amigas memoriosas, algunas tanto que aún las mueve el deseo que alguna vez sintieron por su novio de los catorce años.

Elena de la Concha, mi memoriosa amiga desde la primaria, recuerda aún con precisión de alumna aplicada los nombres de las doce tribus de Israel que aprendimos juntas repitiéndolos entre las ramas de un fresno cuyo olor aún recuerdo algunas tardes. Porque, me digo, no es que yo pierda todos los recuerdos, es que recuerdo lo que a nadie le importa.

Para algunos recuerdos nadie es más memorioso que alguien con fama de desmemoriado. Y eso, como dicen quienes conocen el truco mediante el cual se memoriza, sucede porque los desmemoriados suelen estar atentos a otras cosas en el instante que se necesita para que algo marque el control-F10 de nuestra privadísima computadora.

Los desmemoriados estamos concentrados en el olor, en los colores de la ropa, en un sonido, en el impulso de antipatía o apego repentino que algo nos provoca. Los desmemoriados estamos evocando una sensación, invocando otra o estremecidos hasta la idiocia por algo crucial que a muchos les resulta insignificante.

Digo esto porque pienso que olvidar es un arte. Uno de los artes más necesarios y mal practicados que se conocen. Además, como tantos otros artes, olvidar es un arte que la humanidad toda practica muchas veces sin darse cuenta. Olvidamos. Para mal y para bien olvidamos.

Empezando por la muerte, mil cosas olvidamos para poder vivir. Y aunque no lo aceptemos, tal vez quienes mejor olvidan mejor viven.

No haríamos nada si la conciencia de la propia muerte nos siguiera a la regadera. Nada siquiera, si la muerte de otros cruzara demasiado por nuestro recuerdo. Pero olvidamos. A los inolvidables, a los mejores, a los más buenos, a quienes más felices nos han hecho, logramos olvidar para quedarnos con la vida.

Y si somos capaces de olvidar la muerte, de qué olvido no seremos capaces.

Olvidamos por eso el dolor y a quienes nos lo causaron. Perdonamos por eso. No por generosos sino por desmemoriados. Y hemos de bendecir el olvido como se bendice el pan de cada día.

Gracias al olvido volvemos a tropezarnos con la misma piedra, y nos vuelve a doler y a gustar el camino. Gracias al buen olvido vivieron juntos nuestros padres, nos quieren nuestros hermanos y nos maldicen aquellos a quienes hicimos un favor.

Gracias al buen olvido se nos resbalan las maldiciones, los críticos literarios, el ridículo aquel del que nunca creímos que sería posible reponerse.

Gracias al olvido seguimos guardando libros como si no fuera sólo ésta la vida que tenemos para leerlos. Un día, pensamos, voy a hojear uno por uno todos los libros de arte que dormitan bajo la mesa de la sala. Un día en que me dé hepatitis o cualquiera de esas enfermedades largas durante las cuales todo se puede hacer menos hojear un libro.

Gracias a que olvidamos la voz de la nefasta báscula volvemos a darnos el placer de un buen queso, de un helado doble por el parque junto a los hijos, de un pan con mantequilla y sal, de un chocolate amargo y tres almendras.

Gracias al olvido seguimos viviendo en la ciudad de México después de una jornada con doscientos sesenta imecas contra nuestros ojos. Y no sólo seguimos viviendo, sino que seguimos dispuestos a emprender un día sí y otro también viajes urgentes al extremo opuesto del lugar en que habitamos.

Nos vemos en el espejo durante el arreglo de la mañana y ahí nos hacemos cargo del avance implacable de nuestras arrugas, entonces nos proponemos no fruncir tanto el ceño o al menos no fruncirlo sólo de un lado para que los setenta años no nos alcancen con la expresión torcida. Pero después nos echamos al día y nuestro gesto lo recibe defendiéndose como mejor sabe.

Para poder ser quienes somos olvidamos el sueño de quienes quisimos ser y para que el sueño no se muera completo lo dejamos pasar a la cocina una mañana y nos ponemos a cantar con el playback del último compacto de arias famosas en la voz de María Callas. Olvidamos también todo lo que querríamos ser porque sólo así le dejamos lugar a eso que somos, y cumplimos a medias con lo que a eso le debemos ¿Terminar la novela? Claro que sí, ahora que consiga olvidarme de todo lo demás.

Es extraño, pero los desmemoriados perdemos más tiempo recordando, y en nuestras vidas reina un caos lleno de huecos por los que entra en desorden la memoria implacable.

Olvidamos los nombres y las fórmulas, las cosas que dijeron los sabios y los profetas, los discursos políticos y los artículos de análisis que leemos aplicados y cuidadosos.

Sin embargo, yo creo que a pesar de todo lo que olvido no he logrado olvidar lo suficiente. Y esto lo digo pensando otra vez en que olvidar es un arte. A veces maligno y paralizador, pero siempre generoso.

No tendríamos insomnio si supiéramos olvidar con precisión. Si nuestro arte fuera tal que hasta en los sueños pudiésemos controlarlo. No despertaríamos nunca a las tres de la mañana con una luz de bengala en la garganta, aterrados por la guerra que entró en nuestra recámara justo antes de apagar la luz. No andarían tras nosotros las espaldas agujereadas de los cuatro campesinos cuyos cuerpos contra el suelo nos desgraciaron el sosiego, escupiéndonos desde el periódico su desgracia y nuestra culpa.

La guerra en Chiapas sería un espejismo, todo el horror podríamos ahuyentarlo de golpe con nuestro arte de olvidar como un escudo milagroso.

Pero recordamos. A destiempo, porque ningún tiempo nos parece lógico para el dolor. Recordamos, y no hay mala memoria que nos ayude a distraer el espanto cuando nos cruza la existencia.

La fiesta entre los labios

A veces, a mitad de una tarde, la evoco con la misma precisión que si la viera. Pero me cuesta contarla. Algo de inasible tenían las alas de sus ojos, algo de fugaz la sonrisa y la voz llena de audacias con que nos atrapaba. Eran como un hechizo la suavidad y la prisa de su lengua, la sabiduría juguetona de su mirada. Nunca, ni siquiera cuando la pena le tomó la vida como un agravio, ni siquiera cuando sólo mirarla debió ser llorar con ella, le conocí un desfalco, un lamento, un día de tregua.

Verla vivir fue siempre encontrar ayuda para estar vivo. Incluso cuando lucía tan frágil que uno hubiera querido acunarla, cabía una fortaleza entre sus manos.

Le pregunté un atardecer de largas, inacabadas confidencias, si podía imaginar cuánto enriquecía con su vida, las de otros. Me palmeó un hombro. Llevaba puesto un traje claro y la ironía como una luz contra la frente.

¿De dónde sacaba Diana Laura la fiesta entre los labios que iba regalándole sin más a la vida que tanto le debía? ¿Y de dónde sacó todos los días la paz y la paciencia, la ceremonia y el buen juicio con que le daba valor y temple a su alegría?

Apenas había dejado el hospital por primera vez, cuando me explicó su empeño en que nadie le notara la enfermedad: "Pongo todas las pastillas en el mismo frasco, y me busco un escondite a la hora en que debo tomarlas". Hasta ese extremo cuidaba de su dolor a quienes la querían.

Nunca buscó la compasión, tal vez por eso, cuando quiero pensarla con pesar por ella, termino sintiendo pena por nosotros. Hay una mezcla de furia y desamparo en quienes añoramos su lucidez oponiéndose al horror, contraviniendo la infamia. Mujer de un solo hombre, de una sola palabra, de una lealtad como agua, de un solo sueño indómito, de una pasión por la vida que no perdió ni siquiera cuando todo parecía perdido, Diana Laura no es mujer que se olvida. Pensarla siempre es admirar su valor y su estirpe, evocar su sonrisa y la luna indómita entre sus ojos, siempre será invocarla.

Vivió tan ávida y de modo tan intenso que marcó nuestro mundo con su pasión, nuestros pesares con su alegría implacable, nuestras convicciones con su perseverancia, nuestro temor con su ardiente valentía. Había algo de inasible y fugaz en Diana Laura, como algo de inasible hay en nuestros mejores sueños y nuestras más entrañables esperanzas.

Boca cerrada

Seguro que este país, tantas veces cruzado por desacuerdos, ha vivido épocas de más discordia que la nuestra. Pero como uno la que padece es la suya, es ahora cuando las diferencias nos agravian y lastiman. Tanto pesar y tanta ofensa nos tienen tomados de tan distintas maneras, que es difícil no encontrar en cada reunión al menos una disputa y en cada encuentro amistoso mil diferencias. Entiendo ahora por qué nuestros abuelos tenían como lema no discutir sobre política y clero, por qué tantos de nosotros crecimos en sociedades que imaginamos acalladas por el miedo y que tal vez sólo habían aprendido a callar por prudencia.

Todos los días un montón de noticias contrarias nos tocan los oídos y nos llenan de dudas. Y a cada rato descubrimos a alguien que ha convertido nuestra duda en la certeza de algo espantoso. Por eso, ¿quién me lo hubiera dicho?, quiero educarme en la costumbre de callar cuando la política, ese remolino de discordias, irrumpe en la conversación. Con esto no quiero decir que el destino del país me tenga sin cuidado, ni que me haya hecho al ánimo de no tener opiniones y certidumbres en torno a lo que sucede. Lo que quiero decir es que no estoy dispuesta a defender mis convicciones dejando en

ellas el hígado, ya no digamos las amistades o los cariños entrañables, cada vez que me invitan a una cena, concilio o desayuno. Es así como antes de salir, me hago una serie de re-
comendaciones tras las cuales me entrego sin más a la igno-
minia de no dar batallas inútiles en torno a todos los asuntos
cruciales que nos cruzan. Me propongo, pensando en la política, no hablar sobre lo que no sé, no hablar sobre lo que
creo que sé, no hablar sobre lo que imagino, no afirmar lo
que otros me dijeron que imaginan o creen, no hablar sobre
lo que dijo un editorialista, no citar a un columnista, no decir que le creo a ningún político, no decir que no le creo a
ningún político, no preguntar cuánto gana la voz más radi-
cal de la reunión, no poner gesto justiciero cuando alguien
vierte opiniones que comparto, no contradecir a quien esgri-
me a gritos una contundencia que me parece descabellada,
no maldecir por lo bajo preguntándome qué hago en tal reunión, no contrariar a quien pregunta desafiante tras dos ar-
gumentos increíbles: ¿O no?

Dirán ustedes que tales actos de paciencia colindan con la
estupidez y son deshonestos, mermadores de la personalidad
o imposibles. Yo quiero dedicar el breve espacio de hoy a
proponer tal práctica a los escasos lectores que quieran correr el grave riesgo de parecer inhabilitados para el compro-
miso con las grandes causas nacionales y, a cambio, ambicionen encontrar cierta paz de ánimo en mitad de la tormenta.

Como todo, es cosa de disciplina, fervor y maña. Y como
en todo, la maña es lo imprescindible. Aunque la disciplina
se necesita para no sacarle los ojos al prójimo que nos insul-
ta con su mirada de no tienes valor ni convicciones, y el fervor se precisa para conservar nuestra convicción y nuestros
afanes sin pregonarlos ni escupirles a quienes no los comparten. Las mañas pueden ir desde las salidas fáciles como mor-
derse una uña, repetir postre, acomodarse el nudo del chal,
sumir el estómago, enderezar la espalda, pasar al primer plano auditivo la música de fondo, repetir una oración aprendi-

da a los cuatro años o recorrer la mesa respondiéndose a cuál de los invitados oyó preocupado por Chiapas antes del primero de enero de 1994, hasta las que se proponen imaginar desnudos a los comensales. Vale la pena proponerse cualquier cosa con tal de no caer en la tentación de hacer una propuesta, negarse a cumplir la de alguien o emitir juicios inútiles en torno a cualquiera de los asuntos irresolubles que nos consternan y enfrentan. Tengo la esperanza de que el paso voraz y generoso de los años, aunque no borre los duelos, nos devolverá el afán de concordia, entonces, habrá valido la pena haber cerrado la boca algunas veces.

Comentarios a la guerra diaria

Son las tres de la media noche, llueve y me despierta una gata maullando en el tejado vecino. Un tejado ajeno, como ajena es la casa en que duermo mientras espero el día en que la casa de los últimos doce años de nuestra vida quede como una adolescente recién bañada y vuelva a ser nuestra.

Me despierta la obsesión constructora que como una herencia macabra cae de vez en cuando sobre todas y cada una de las mujeres de mi clan. He visto a mi abuela, a mi madre, a mis tías y a mis primas desgastarse planeando una escalera como quien pone los cimientos de la torre de Babel. Es un mal de familia: todas, a excepción de mi hermana, que está hecha de una pasta menos porosa, o que sufre lo mismo pero no lo pregona, hemos pasado noches en vela desentrañando los desvaríos de nuestras casas.

Me pregunto qué amores penará la gata que me ha despertado. ¿O será que los goza con semejantes ruidos? Adivinar, los seres vivos compartimos algunos desconsuelos, la enfermedad o el hambre, por ejemplo, los padecen los gatos o los burros tan mal como los hombres. No sé cómo serán entre los otros animales el desamor, la política o los deseos. Sé que entre los humanos crean estragos que los llevan a cantar o a matarse.

¡Qué escándalo trae la gata! Uno diría que se va a quedar privada de tanta zozobra. Malvado animal. Me ha despertado y bajo su ruido destrozando la noche no puedo sino imaginar catástrofes. Llueve y no está el señor de la casa, pero yo sé que cuando llueve así él recuerda la remota noche en que un ciclón avasalló la casa de madera que cobijó su niñez y avasalló con esa casa su infancia y el destino de gloria que estaba para su padre. Llueve con tono de presagio, sin tregua, sin donaire. Llueve y estoy a salvo como después sabré que no estuvieron otros.

Pasan por nuestro país los ciclones y nos recuerdan quiénes somos, de qué modo vivimos, cómo viven otros en los que pensamos poco y de mala gana. Pero nadie tiene la culpa de que maúllen los gatos, nadie tiene la culpa de que venga un ciclón que aún no se ha ido cuando llega el siguiente. Nadie tiene la culpa aunque estemos en una época incapaz de concebir el azar sino como conjura.

He cumplido cuarenta y ocho años, llueve y no piensan marcharse los demonios que acosan esta noche de gatos. ¿De qué color pintaremos las paredes del patio? Tengo hambre. Extraño la cena que no quise dar. No sé de dónde saqué la ida peregrina de que las mujeres de mi edad tienen que ahorrarse la cena para que su cuerpo se ahorre la vergüenza de verse viejo. Como si no hubiera viejas flacas. He cumplido cuarenta y ocho años sin ir a la cirugía plástica, sin la flexibilidad adolescente que precisan ahora las cuarentonas respetables, negándome a caminar con una pesa en cada mano, concentrada en mi estampa más que en el cielo y las aguas que cercan mi camino, llamando al perro como quien llama en él a los niños dependientes y juguetones que mis hijos han dejado de ser.

Mis hijos están creciendo a su aire y ya no van conmigo al parque. Crecen de prisa y sin memoria, como si el futuro los jalara con unos hilos de hierro, como si no vinieran de mí ni de su padre sino del sol y de las ansias de un enigma. Y yo, que supe acompañar sus duelos y sus gripes, su fiesta diaria, su incansable curiosidad depositada con serenidad entre mis manos —como si todo lo dijera mi lengua y todo hubieran ya comprendido mis ojos—, yo, que supe el resumen de sus certezas y fui la caja de sus dudas, aprendo ahora a ver cómo se hacen camino sin preguntarme a dónde van, ni qué opino del cielo y sus afrentas.

Me divierten mis hijos creciendo bajo el diluvio de cambios y mensajes cruzados que escuchan y asimilan en un orden que nunca comprenderé y contra el que nada puedo. Peor aún, nada quiero. Hubo que agrandar la casa para que sus cuartos tuvieran ventilación y privacía. Privacía, la palabra del fin de siglo, no está en el Diccionario de la Real Academia, sin embargo hace rato que usamos la voz privacía como traducción de "privacy", la palabra mágica que uno cuelga en los cuartos de hoteles extranjeros para pedir que nadie interrumpa la anónima y pocas veces tan bien lograda intimidad.

Vista desde los ojos de mis hijos, la privacía es el derecho a un mundo en el que no metan la nariz las madres o el hermano. A veces me cuesta entender el derecho de los hijos a tal intimidad porque yo crecí en una casa cuyas puertas no tenían cerrojos, dormí en una recámara compartida con mi hermana, y tuve una adolescencia que no podía elegir el lujo de la privacía, porque no hay privacía en los clanes. Por eso mi adolescencia y sus dilemas fueron siempre vistos como la adolescencia conjunta de al menos diez primas con la misma edad. Hijas todas de la misma comuna ambigua que es una familia ampliada a tribu. Mis hijos en cambio, los hijos de los padres clase media en estos tiempos, son vistos y tratados como únicos e irrepetibles. Estamos demasiado conscientes de la gloria que son, y se los decimos con tanta insistencia como nuestros padres pusieron en no decírnoslo. Queremos que se sepan inteligentes y hermosos como árboles sagrados, como nuevos dioses. Y no sé si volvemos a equivocarnos, tal vez volvemos a equivocarnos, dándoles en sobredosis todo lo que nuestros padres evitaron darnos para que la soberbia no nos hiciera sus presos.

—Si uno es inteligente... —dije una vez frente a mi abuela.

—Uno nunca dice que es inteligente —aconsejó ella de tajo. Y yo creo que por cosas así es que aún no puedo con los elogios sino como con piedras.

Temiendo repetir la censura que inhibe, he elogiado a mis hijos a todas horas y con tal inclemencia que dada su inherente objetividad, he conseguido hacerlos dudar de todas las cosas que digo. Se han vuelto fieros consigo mismos, inclementes para juzgar ya no digamos sus tareas o sus opiniones, sino sus cuerpos, su modo de caminar, sus fervores. Mientras miran la tele como quien mira una cascada y se deja embrujar por su murmullo de oráculo, aseguran que nunca tendrán físico de actores ni profesión mejor, más digna y más audaz que la de actores o cantantes. Entonces me preocupan mis hijos. No es que yo crea como otros padres que la televisión los va a dejar tontos, porque en contra de semejante teoría tengo la certeza de que la televisión los ha ayudado a crecer sabiendo que hay más cosas bajo las estrellas de las que sueña su imaginación, y sé que crecer con esta certidumbre es ya estar en camino de vivir la vida con la cabeza en su lugar y el corazón en alerta. Sin embargo, creo que precisamente de semejante certidumbre derivan angustias que nosotros no padecimos y le exigen a su vida cosas que nosotros no éramos capaces de exigirnos a su edad: ¿Respeto a sus padres? Ellos se exigen saber quiénes son y qué quieren sus padres. ¿Cumplir con la escuela? Ellos cumplen con la escuela sabiendo que no todo lo que sirve en la vida viene de la escuela y que la educación formal deja una enorme cantidad de agujeros sin respuesta. Sin embargo se levantan a tiempo y les dan por su lado a los maestros y se reúnen en equipos a investigar la cultura mixteca o el origen de la levadura, como si con semejantes trabajos pudieran librarse de la congoja que es pertenecer a un mundo de tal tamaño que los hace tan hijos de los mixtecos como de los romanos, más influenciados en sus deseos y esperanzas por los pechos de Cindy Crawford y las valentonadas de Arnold Schwarzennegger que por la mítica belleza de Elena o el estoico valor de Cuauhtémoc. Sus héroes están más cerca y son más peligrosos porque parecen asequibles un domingo de cine y están lejísimo de cualquier lunes en la mañana. Sin embargo, la vida no se cansa de repetir su historia. Mateo tiene de tarea ir a ver *Hamlet* y Catalina se sabe de memoria los diálogos de *Romeo y Julieta*.

¿Qué opinaría Shakespeare si supiera que sus obras de teatro se convierten en películas cuyos diálogos repiten los adolescentes del tardía siglo veinte en un por él desconocido país llamado México? No sé. Me alegra que esta pregunta no se les haya ocurrido a los entrevistadores, casi siempre empeñados en suponer que uno tiene respuestas para cualquier cosa. Seguramente no se les ha ocurrido porque no tiene relación directa con lo femenino y la literatura, si la tuviera, ya alguien me la habría hecho. Y yo hubiera tenido incluso frente a una pregunta tan impredecible como ésta, menos desazón que frente a las preguntas sobre literatura femenina y, seguramente, menos tedio.

La próxima semana tendremos que cambiarnos de casa. Volveremos, como quien canta el tango, pensando que si veinte años no es nada, un año es nadita. Hemos estado fuera de la casa en que mis hijos vivieron su infancia, por tan largos y tan cortos trece meses. Y me ha costado no sé cuántas tardes de nostalgia entender que aun cuando la casa se haya vuelto más cómoda y menos romántica, está tocada por el mismo millón de significados ocultos entre sus piedras que le fuimos dando. La casa tenía una cocina llena de vericuetos que ahora parece un set del Discovery Channel, tenía un barandal de hierro colado que yo consideraba una belleza y que nuestro arquitecto encontró prescindible para decir lo menos, porque él siempre trata de decir lo menos para no herirme con su sentido estético más cercano al minimalismo que al barroco desorbitado que trae mi herencia poblana. De cualquier modo, creo que por fin hemos llegado al acuerdo de que él pone la casa, y nosotros el desorden. Ambos lados estamos agradecidos con semejante acuerdo. Lo demás será la vida devolviéndoles a las cosas su vieja historia y su futuro inconforme.

Dentro de algunos años, cuando yo esté cuatrapeda en una silla del estudio tratando de dar con el mejor modo de decir un recuerdo, habré olvidado las noches en que me despertaba una gata en el tejado ajeno y en la oscuridad caía sobre mis ojos el temor a equivocarme eligiendo vidrios opacos en lugar de trasparentes, chimenea en vez de espacio, escalera sin barandal, ventanas sin cortinas, pisos de piedra, árboles en mitad del patio, paredes blancas, techos blancos, baños blancos. Y esta de hoy, que es la última vez que me despierta una casa a la que mañana mudaré mis enseres, nuestro afán, la memoria de lo que fuimos, no tendrá lugar entre mis recuerdos ingratos. Será —diría Leduc— más adorada cuanto más nos hiere, una de las horas que habré de invocar con mayor alegría. Esa noche seré, ojalá, vieja de veras, y tendré algún insomnio por alguna otra causa. Diré entonces los versos que hoy me curan:

Oh, si el humo fincara, si retornara el viento,
si usted alguna vez más volviera a ser usted.

"Inútil divagación sobre el retorno", llamó Renato Leduc al poema.

—Aunque toda divagación es inútil y todo retorno imposible —creo que dijo, o así me conviene creer que dijo. Porque los muertos entrañables acaban hablando el lenguaje que los vivos queremos que hablen. Sobre todo cuando nos hacen falta sus palabras en mitad de la noche.

Fiera Patria

"La patria es el sabor de las cosas que comimos en la infancia", dice un proverbio chino.

Recojo ahora la sabiduría de la frase para asirme a ella y asegurarme de que la patria es tantas cosas como nuestra memoria y nuestros afanes puedan volverla. La patria no es sólo el territorio que se pelean los políticos, asaltan los ladrones, quieren para sí los discursos y los manifiestos. No es sólo el nombre que exhiben como despreciable quienes llenan de horror y deshonra los periódicos. La patria es muchas otras cosas, más pequeñas, menos pasajeras, más entrañables.

* * *

Camino alrededor del alto lago de Chapultepec amaneciendo bajo un cielo claro. Sé, porque está en el periódico que recogí al salir, que hay ozono en el aire. Lo respiro. Parece un aire sano. Lo respiramos voraces todos los corredores, patinadores, ciclistas, caminadores, perros, que ansiamos la mañana junto al lago. La patria es el claro aire con ozono que todas las mañanas acompaña nuestro aplicado deambular en torno a una laguna en la que nadan tranquilos muchos patos, viven en paz miles de pescados, nos deseamos buenos días cientos de locos con afán de salud.

* * *

Mi abuelo era dentista, pero sembraba melones cerca de Atlixco. Largas filas de hojas verdes acunando esferas. Un olor dulce y polvoso contra mi cara. La patria en mis recuerdos, huele a ese campo.

* * *

Estamos cantando canciones de ardidos. Recalamos en un mundo raro, somos una paloma querida y otra negra. Nos gritan las piedras del campo, nos falla el corazón, andamos de arrieros, tenemos mil amores, del cielo nos cae una rosa, limosneamos amor, Dios nos quita la vida antes que a todos. La patria está en las voces desentonadas que cantan "La Palma" a las cuatro de la mañana.

* * *

Fuimos en coche hasta Quintana Roco. Los colores de la tierra fueron cambiando con nosotros. De regreso, tras el mar, tomamos una carretera perfecta pavimentada por el estado de Quintana Roco, que nos condujo a otra carretera perfecta pavimentada por el estado de Campeche, entre las dos, hubo un pedazo de baches y piedras que no pavimentó nadie. Las tres eran la patria.

* * *

Manejo contra el tránsito enfurecido de las ocho de la mañana. A mis espaldas oigo la voz de mi hija Catalina diciendo: "Estás largo, chiquito. Has crecido mucho. Ya no eres ese al que cargaba con una mano, al que le daba de comer en la boca. Ya eres otro perro, y ni cuenta me di de cómo pasó el tiempo". Yo tampoco me di cuenta del tiempo haciendo despuntar en su pecho los avisos de una adolescencia precoz, pero la patria estuvo ahí todo ese tiempo.

* * *

El señor de la casa regresa de un viaje. Ha estado lejos del país por casi tres semanas. Sin embargo, trae consigo a la patria.

* * *

Vuelvo del médico en el auto de Lola. Le rechinan las balatas al frenar. Lo estacionamos en la calle dedicada al general Gelati. Al fondo, se asoma una inmensa luna atemperada por las nubes. Durante la siguiente hora y media conversamos sin orden ni recato, mientras nuestros hijos se llamaban por teléfono pensando que habíamos desaparecido en las fauces del ginecólogo. La patria, impávida, fungió como pretexto y contertulia.

* * *

Caminamos por el Parque México. Por ahí donde ayer acuchillaron a un hombre frente a los ojos de mi comadre María Pía. Mateo quiere saber la razón de tal horror. Acostumbra preguntar, como si yo acostumbrara saber las respuestas. Quién sabe cuántos meses le queden a esa costumbre. Yo puedo asegurar que ahí tuve una patria.

* * *

La antropóloga Guzmán avisó que saldría de Puebla en un autobús A.D.O. Aseguró que llegaría a las tres. Cuando dan las cinco sin que aparezca, me pregunto qué tipo de A.D.O. habrá tomado, si se quedaría prendida al cráter del Popocatépetl, si un baño de lava borraría su camino, si habría un choque de esos que enlazan kilómetros de automóviles. Estoy a punto de imaginar lo peor cuando aparece paseando los pies con su lenta elegancia. Mi sentido del tiempo comparte patria con el suyo.

* * *

Tenía veintitrés años cuando conocí a Emma Rizo, una gitana con tos cuya sabiduría mayor ha estado siempre en la fuerza invicta con que sabe sonreír. Lector implacable, escucha sin límite de tiempo, viciosa de los juegos que nos brinda el azar, trabajadora como el agua, buena como el pan hasta el último recoveco. He tenido la fortuna de ser joven y empezarme a hacer vieja junto a su risa terca, audaz, ineludible. Mi patria está anudada al sonido de su risa.

Agua del mismo río

Tantas cosas soñamos juntas que no sé quién empezó con cual deseo. La conocí hace más de veinte años. Tenía entonces la misma risa larga y contagiosa, la misma voz redonda. Yo apenas iba camino a los desencantos con que la vida nos halaga, ella se había casado quince años antes, tenía cuatro hijos y una pasión por la poesía barroca, el cine y la pintura de Picasso. Nos hicimos amigas como se junta el agua del mismo río. Entonces toda mi vida era un proyecto de vida. Sabía sólo que había dejado un mundo cerrado sobre sus prejuicios y que ambicionaba quebrantarlo. No sabía con qué fuerza se aferra el corazón a los despojos del mundo que abandona nuestra juventud. Ella había conocido ese mundo hasta el cansancio, incluso había sido feliz en él. Tal vez también fue por eso que la quise sin demora, tal vez nuestro afán de olvidarlo sin quitarnos de encima su entrañable memoria nos acercó. Quién sabe y qué importa cuándo y a qué se deba nuestro apego a quienes elegimos para confiar en el fondo de sus ojos.

Se llamaba Emma Rizo. Tuve la ventura de contar con ella. Para agobiarla con la historia de mis amores infortunados, para confesarle la precisa gloria de los afortunados, para llorar junto a ella los imposibles y aprender a cortar con una risa las lágrimas que maldicen lo posible. Pasábamos las tardes hablando del futuro como si dependiera de nosotras, y de literatura como si no hubiera otro presente. Me pregunto ahora que un dolor seco me ha tomado las semanas, qué haré con su ausencia. Durante mucho tiempo la di por dada, como se dan por dadas la luz en la mañana y la luna de noche, como la tierra bajo nuestros pies y el cielo inmenso. Andaba por ahí, alumbrando el mundo con su inagotable vocación de trabajo, con su gusto por las palabras y los libros, con sus ojos abiertos desde temprano y sus pies caminando el polvo y las calles de la ciudad que resistía con el buen ánimo intacto hasta el anochecer.

Decía que se había vuelto prudente. No era para creerle, pero era cierto que menos imprudencias de las que hicimos juntas cruzaban por su mente en los últimos años. Sí, fue volviéndose un poco taciturna. Aun antes de saber lo del cáncer había empezado a escuchar más de lo que hablaba. Ella que un tiempo atropellaba las reuniones con su lista de milagros por entregas. Cuando lo supo dijo mientras juntaba los dedos de la mano moviéndolos como si quisiera sentirlo entre ellos: dicen que tengo un pequeño tumor, habrá que ver. Fuimos viendo. A pesar de su empeño en que no viéramos, aunque no dejó el trabajo, ni faltó a las comidas de los martes, ni se perdía el periódico, ni dejaba de afligirse por la política, ni interrumpió sus viajes a la librería, ni abandonó su pasión por el psicoanálisis, a pesar de que nada le atrajo nunca tanto como la vida, la fue perdiendo en trozos durante los siguientes dos años. En los últimos seis meses terminó el libro de cuentos con el que no tenía trato desde hacía diez años. Al final no podía dormir, porque no quería morirse. Sin embargo, se dio tiempo para sugerir un jacarandá que floreara sobre su tumba. Era un sueño Emma Rizo: "Lo bueno de todo esto —dijo muy seria— es que me voy a librar de ir al dentista".

Esa fue una de las pocas veces en que se refirió a la muerte que sentía en su aire. Sin embargo le fue diciendo a cada quien cuánto lo quería, fue oyendo de cada quien la despedida disfrazada de nos vemos mañana y no se quejó ni nos maldijo por quedarnos con el mundo que tanto le gustaba. A su entierro llevamos flores blancas y un montón de lágrimas, porque así son las cosas y eso se lleva a los entierros, pero llevamos también geranios y una disposición a sonreír por si las dudas, por si quería vernos desde donde estuviera. Nunca nadie la vio terminar una sesión de llanto sin el jolgorio de una risa para servir de broche.

—Aquí estamos Esther mi hermana y yo, contándonos chistes —me dijo una mañana en que entré a su casa y la encontré llorosa—. Chistes de ultratumba —explicó dejándose abrazar mientras reía como quien abre una ventana.

Abrir una ventana

Una amiga de mi madre, monja desde hace cincuenta años, la visita un tiempo durante las primaveras, con la sonrisa infantil y el espíritu audaz de quienes todos los días le descubren un prodigio a su destino. Hace unos años, tuvo un accidente que la hubiera dejado paralítica de por vida si su empeño no la pone a luchar con toda clase de aparatos y terapias hasta conseguir moverse despacio, apoyada en un bastón y en el deseo ingobernable de bastarse a sí misma. El mes pasado llamó desde el convento en que vive y yo, que no pude resistirme a escucharla por el otro teléfono, la oí responder a la pregunta de mi madre interesada en saber de su salud y su estado de ánimo: ¿Cómo he de estar? La vida es una fiesta.

Con semejante axioma como tesoro, dejé de oír la conversación y me senté en el suelo tibio y las plantas de un patio que mi madre metió a su casa como quien mete un pedazo de convento sevillano. Estuve ahí un rato, sintiendo a los niños jugar con el perro, mirándome los pies y contándome las venitas lilas que a las mujeres de mi familia les proliferan en las piernas después de cierta edad. —Así se empieza —me dejé pensar. Un pedazo de sol entraba por el hoyo en el cielo

153

que ilumina el patio y todo, hasta el aire ardiendo del mayo sin lluvias, me resultó sosegado y hospitalario como debe ser siempre la vida.

Cuando quiere elogiarme, la antropóloga Guzmán, antes mi madre, elogia la sabiduría con que elijo a mis amigas. Ese día me tocó devolverle el piropo. Al terminar su conversación con Aura Zafra me sorprendió divagando en su patio, y antes de oír su mirada de ¿qué haces ahí perdiendo el tiempo?, le dije:

—Cualquiera pensaría que su respuesta es la de una corista en mitad de un espectáculo.

—Así es Aura —contestó ella.

—Es una maravilla.

Medio coja, medio vieja, medio pobre, medio encerrada, y nada tonta, esa mujer considera que la vida es una fiesta, quiere decir lo obvio, que tiene la fiesta dentro y que se busca las razones para tenerla.

¿Qué cantidad de trabajo y talento habrá que dedicarle a este empeño? Llegar a los setenta y un años dispuesta a hacer la misma declaración. Vivir en los cuarenta y cinco o en los sesenta, sin cederle terreno al tedio y la desesperanza.

—¿Cómo le hace? —le pregunté a la antropóloga.

—Dice que abriendo ventanas —contestó mi madre.

—Y eso, ¿qué quiere decir?

—Cuando se lo pregunté me contestó que lo pensara yo —dijo la antropóloga.

Nos fuimos a caminar. Para los poblanos, tras la leyenda acerca de que los ángeles trazaron las calles de la ciudad, late siempre la certeza de que tal leyenda es una verdad irrebatible. Así que, a pesar de lo mucho que padecemos a nuestros gobernantes, de lo poco que éstos se afanan por mantener limpia una ciudad a la que hace muchos años que no pertenecen, de cuánto nos enerva saberlo y cuán poco hacemos por evitarnos su incómoda presencia, acostumbramos recorrer las calles del centro, las calles de los ángeles, con una devoción siempre nueva.

Mi hermana es implacable y vehemente, por eso alegra caminar junto a ella. Se va enojando contra su cabeza llena de ideas y contra el mundo que las contradice. La encuentro siempre llena de novedades, pródiga y aromada.

Visitamos la casa en que nació nuestro abuelo. Se está viniendo abajo poco a poco, sobre las cabezas de los actuales dueños y el imaginario colectivo de quienes heredamos el apellido y la destreza fantasiosa de los anteriores. Nos dan permiso de pasar a verla. Dos fresnos centenarios y el mismo par de pinos que escalaban las historias de mi abuelo y sus hermanos, reinan sobre un jardín intocado por años. La escalera de hierro y granito podría caerse con un ventarrón y todo parece suspendido en un tiempo inaudito y lejano. Desde ahí caminamos hasta lo que fue el mercado "La Victoria". Al llegar, nos detenemos en la puerta que da a un costado de la iglesia de Santo Domingo. Con los ojos cerrados, uno cree percibir los ruidos mágicos y el aire misterioso que emanaban de aquel gran mercado. Todo el que lo haya caminado cuando la vida y los sueños de cientos de personas lo poblaban febriles un domingo cualquiera, teme cruzar la puerta que ahora se abre a un falso y ascéptico silencio. Un contrato con los locatarios que llenaban el aire de gritos y vendían desde cazuelas hasta alhajas, desde pescado hasta flores, desde telas importadas hasta manta de cielo, desde muñecas de cartón hasta pan de huevo, hizo posible que el lugar se limpiara de ratas y horrores para recuperar su belleza decimonónica, sus hermosos espacios, su kiosko de cristal. Se trataba según el proyecto original, de convertir el lugar que ya le quedaba chico a la necesidad citadina de una central de abastos, en un sitio que regalara el lujo de su espacio a las artesanías, la comida, el arte, las flores, la música de Puebla. Los vendedores de ese mercado aceptaron dejarlo libre un tiempo para su remodelación, bajo el acuerdo de que podrían volver a trabajar en los sitios que les pertenecían adaptándose al nuevo uso que se les diera.

Tal acuerdo se firmó durante un gobierno, se confundió y trastocó bajo el siguiente y vino a terminar de tergiversarse durante los primeros años del actual. No sé cómo sucedió tal cosa. En Puebla, los ciudadanos comunes y corrientes entre los que me cuento, reciben los hechos consumados. Así que abrí los ojos, cruzamos la reja y encontré el antiguo mercado regido por el aire de un Suburbia y un Vips.

¿Qué cosa quiere uno tener contra tales tiendas? Ninguna. En cualquier otro lugar de la ciudad y del país las vemos con simpatía. Yo compro ahí las mezclillas de mis hijos y mi hermana los libros con soluciones fáciles para asuntos difíciles, con los cuales lo mismo sobrelleva las dificultades de un viaje, que aconseja el corazón de una amiga lastimada por el mal de amores. Sin embargo, no nos explicamos qué vinieron a hacer en mitad de un mercado con el que nada tenían que ver. Misterios de la fiesta que es la vida.

En la tarde volvemos con la antropóloga y su hermana, con dos primas y todos nuestros hijos.

—¿Este es el famoso Mercado de La Victoria? —pregunta mi hija—. Es como un centro comercial, pero medio vacío.

—Este era —le contesta mi madre que camina cerca de mí.

—Lástima. Me hubiera gustado verlo como en tus tiempos —dice sabiendo que eso quiere escuchar y luego canta mientras bailotea: "La salsa del destino te ha cruzado en mi camino, baby. Come on, come on".

—¿Vamos a las nieves? —dice la hermana de la antropóloga, que es una mujer entusiasta y elegante como la luna.

Volvemos a los portales. Una de las primas encuentra recuerdos en todas partes. Se va quedando prendida a un puesto de periódicos, a la mesa en que inició los desfalcos de un gran amor, a la fuente en que el Arcángel Miguel batalla contra el cielo oscureciendo.

Por fin nos sentamos en las nieves.

—Todo tiene remedio —digo.

—¿Cuándo? —pregunta mi madre que desde que salió de

la universidad tiene más prisa que un miembro de los comités de lucha de los setenta.

—Eso sí no sé —le digo.

Estamos sentados en unos bancos giratorios y los niños dan de vueltas mientras llegan sus nieves. El perro mete su lengua en mi horchata y el tiempo, ese enemigo de los buenos ratos, se deja perder sin más.

—La salsa del destino te ha cruzado en mi camino —canta mi hermana contagiada por la música que rige las vueltas de los bancos que bailan con los niños.

—Eso es exacto lo que a mí me pasó —dice la prima de los mil recuerdos.

—A todas —le contesta la otra prima.

—Verás que se compondrá el mercado —le digo a mi madre que continúa evocando las glorias de "La Victoria", cada vez más indispuesta contra el gobierno y sus aliados.

—Lo dudo. Desde los Avila Camacho que estamos en las mismas. Ni quien nos oiga, ni quienes hagamos el ruido necesario para ser oídos.

Una mezcla de nostalgia y futuro incierto corre por los portales.

Dos noches después, presa de la vorágine y el yugo inevitable de los lunes, tengo un insomnio largo que se prende a un espléndido texto de Jean Meyer, titulado con justa razón "La épica vasconcelista". Es un ensayo inteligente y tristísimo. Tras leerlo, el pesar por los hombres que pueblan su relato se trastoca sin que nos demos cuenta en pesar por nosotros. ¿Somos herederos de esa barbarie y ese recurrente imposible?

Cuando amanece, busco razones para aceptar que la vida es una fiesta, y abro una ventana al domingo anterior.

Los ojos de Pedro Infante

La familia de mi amiga se reúne los domingos a comer y contarse los afanes de la semana. Para ella —no diré su nombre porque goza practicando el arte de la clandestinidad— tales encuentros tienen algo de sustento sagrado.

Una de estas semanas en las que no sólo su familia sino nuestra sociedad toda ha dado en manifestar su incredulidad frente a lo que nos pasa, habilitándose para creerlo todo, la tía Marta, que come en casa de su hermana menor para ahorrarse la lectura semanal de los periódicos, correspondió a la precisa información sobre la larga hilera de desfalcos provocados entre los amigos de una de las hijas de la familia por el Programa de Seguridad Pública para el Distrito Federal, con la noticia más sorprendente que haya cruzado la mesa de la familia Baita: Pedro Infante sigue vivo.

Una sonrisa de indulgencia recorrió el gesto de los sobrinos acostumbrados a creer cuanta historia la tía Marta y su imaginación hagan venir del pasado, ese lugar sobre el cual posee todos los derechos, pero poco dispuestos a aceptar que sus casi ochenta años tengan algo que opinar sobre el presente.

—Comadre, no diga usted esas cosas —dijo el señor Baita. Un hombre de escasas palabras, gran corazón y aficiones intensas por la fotografía, los boleros y los libros antiguos.

Sin arredrarse, la tía Marta insistió en que cerca de su casa en Satélite, Pedro Infante canta y toca el piano en un bar. Porque su familia estará muy ocupada enterándose y padeciendo los problemas de la patria, pero ella, que sabe donde está lo sustancial, puede probarles que lo que dice es una verdad clara como el agua en que su hermano estuvo a punto de morir ahogado.

—Cuéntanos cómo fue eso —pidió una de las sobrinas, a quien siempre deleita la narración de tan dramático acontecimiento.

—Eso ya se los conté. Yo estaba lavando cuando vi la camisa de mi hermano menor flotar en el estanque. Era azul, la camisa. Vi una manga y la otra y después bajo la pechera y los botones, vi salir el cuerpo de mi hermano. Lo sacaron muerto del agua. Eso dijo el doctor cuando lo revisó, que estaba muerto y que mi mamá tenía que ser fuerte. Entonces Sixtoguego, el mozo, la vio enloquecer y corrió a llamar a mi papá que entró al cuarto afligidísimo. ¡Qué guapo era mi papá! Eso también ya se los dije, pero no me voy a cansar de decirlo. Era guapísimo su abuelo. Mientras él abrazaba a su madre, Sixtoguego fue por una comadrona que envolvió a mi hermano en sábanas mojadas y le estuvo planchando el pecho hasta que su corazón volvió a latir y revivió. Hay una pintura de eso en Catedral. Mamá la mandó a hacer con el esposo de la curandera que era un experto pintor de milagros. Mamá hizo eso, y se echó hincada toda la antigua Villa de Guadalupe.

—¿Qué hizo tu papá?

—Papá era muy guapo. Pero no estaba yo en eso.

—Cuéntanos pues de Pedro Infante —aceptó la señora Baita, la mujer más comprensiva, cobijadora y apta para buscarle dichas a la vida que ha dado la colonia Santa María.

Apoyada por su hermana menor, la tía Marta empezó la historia que le había estado ardiendo en la lengua mientras escuchaba, paciente, a una de sus sobrinas contar cómo a su amigo Charlie lo habían detenido en el metro, por su pura apariencia deslavada y fachosa, y cómo a su amiga Trini y a su galán "el torturado", los habían apresado a media calle, justo después de que oyeron un balazo a sus espaldas. Los detuvieron, los interrogaron, les buscaron las armas, los volvieron a interrogar y una hora después los dejaron salir temblando tras un breve: "ustedes perdonen".

—A unos los detienen por su facha y ya nadie recuerda la facha de otros —dijo la tía Marta para empezar—. El Pedro Infante que está cantando por mi casa, ya no se parece mucho al Pedro Infante que fue. Hasta que se quita los anteojos negros. Entonces uno le ve los ojos, idénticos, enamorados, como dos chispas, como el par de luceros que fueron siempre.

—Comadre, no diga esas cosas —volvió a decir el señor Baita.

—Digo más. Este del bar es Pedro Infante, el que no se murió en el avionazo.

—Marta, el cadáver que encontraron era el de Pedro. Tenía su esclava en la mano. ¿No te acuerdas? —le preguntó su hermana.

—Ahí fue donde estuvo todo. Miren ustedes. Pedro estaba liado con la esposa del presidente Ruiz Cortínez, por eso le mandaron poner una bomba en su avión. Pero los encargados de ponerla eran fanáticos de Pedro, como todo el mundo. Al mismo Ruiz Cortínez le tiene que haber gustado cómo cantaba, pero cuando supo que iba y venía con su señora, se disgustó.

—¿Su señora la que regenteaba burdeles? —preguntó una de las sobrinas.

—Eso no sé yo —dijo la tía Marta—. Sé que andaba con una esposa y que cuando supo que le habían puesto una bomba, decidió irse a Yucatán por carretera. Le prestó su avión a un conocido. Al mismo que le dio su esclava temiendo que se la robaran.

—O sea que está vivo y además debe una vida —dijo un sobrino.

—No fue su culpa. Pensó que no pondrían bomba si él no iba en el avión.

—¿Eso quién te lo dijo? —preguntó algo impaciente la sobrina de los amigos presos.

—Yo lo sé. Pedro llegó sin accidentes a donde iba y de ahí buscó refugio con Frank Sinatra, para que lo protegiera la mafia que siempre protegió a Sinatra. Ahí con él se estuvo un tiempo. Hasta que los esbirros de Ruiz Cortínez lo encontraron otra vez. Entonces tuvo que pasar a la clandestinidad que padece hasta la fecha. Sólo unos cuantos sabemos quién es. Yo porque me di cuenta con sólo verle los ojos, el dueño del bar porque tiene muy buen oído. Pero de que está vivo, está vivo. Como que me llamo Marta y vi ahogarse y revivir a mi hermano.

Habiendo hablado la tía Marta, la comida se dividió entre los dispuestos a ir al bar esa misma semana, los incrédulos enfurecidos y los simples escépticos. Se dividió en las mismas tres partes en que se divide esta sociedad dispuesta a creerlo todo de tanto no poder creer en nada. Pedro Infante está vivo o muerto, del mismo modo en que cualquiera puede ser un asesino, un ladrón o un santo, según quien cuente la historia y quien quiera o pueda creerla.

Patria de la infancia

Mi abuelo paterno era italiano por dentro y por fuera. Cuando lo conocí tenía casi ochenta años y la piel blanquísima arrugada en surcos. Sus manos habían ido poblándose de pecas, y una torpeza suave regía el afán de sus escasas caricias. Hablaba poco, pero las frases que salían de su lengua sonaban redondas y misteriosas en los oídos de la niña pálida y ojona que era yo a los cuatro años. Los domingos le hacíamos una visita lenta y poco ruidosa. Lo recuerdo sentado frente a un escritorio de cortina lleno de papeles en orden. Sus manos y las pilas de papel eran el horizonte sobre el que se acomodaban mis ojos, mientras lo saludaba como una muñeca guiada por su cuerda. *Buon giorno, nono*, salía de mi boca en un tímido y apresurado *bonyornonono*. Entonces, él sacaba de su bolsa cinco pesos de plata en una moneda, los ponía sobre mi mano y contestaba con su voz redonda *Buon giorno, bambina*. Sólo eso recuerdo de mi abuelo paterno, pero es grande el hueco de mi memoria que ocupa ese recuerdo.

* * *

Tenía también cuatro años cuando me tocó representar, en la fiesta anual del colegio, el privilegiado papel de Virgen María naciendo de una azucena. Nunca supe de qué trataba la obra, mi deber artístico sólo consistía en quedarme acuclillada y quieta dentro de la azucena, hasta que el llamado del señor San Joaquín me indicara que debía brotar con toda mi pureza del fondo de la flor. Durante los ensayos fui una actriz modelo, el problema fue que el día de la representación, los alambres pelones en forma de azucena que siempre sirvieron para ensayar, quedaron cubiertos con una tela blanca y pegados con el Resistol 5000 de 1954: la llamaban *cola* y era una resina oscura que olía a rata muerta durante varios días después de haber sido aplicada. Ni tras veinte años de vivir en la contaminada ciudad de México he ambicionado el aire limpio tanto como lo ambicioné entonces. Un inclemente San Joaquín me impidió sacar la cabeza las veinte veces en que intenté nacer antes de tiempo. Como él sí era un gran actor, me empujaba con un golpe cada vez que presa del ahogo buscaba yo salir. Nunca ha nacido tan muerta la purísima Virgen María.

* * *

Cantábamos una canción de amor como quien canta un villancico. Para jugar a la *Pájara Pinta* había que repetir una copla inolvidable. A los cuatro años, uno se arrodillaba sin pudor a los pies de su amante, se levantaba fiel y constante y le pedía un besito de su boca. Algunas veces, todavía, una parte de mí tiembla con la niña arrodillada que pedía un beso como quien pide agua.

* * *

El abuelo materno era un liberal como un rayo de miel en la leche tibia de las costumbres y pudores en que crecimos. Se bañaba con nosotros, desayunaba un cocol de anís untado de nata, que iba entreverando con sorbos a su café, luego nos llevaba a subir árboles para rescatar los chabacanos que crecían en julio. Aún no puedo morder la piel de uno sin evocarlo. Y siempre, antes de pagar la fruta que me entregan en la mano, la muerdo y me cercioro de que haya cerca una rama por la cual bajarse del árbol.

El abuelo Sergio también nos enseñó, entre quién sabe cuántas otras cosas invaluables, a olfatear el extremo sur de un melón antes de abrirlo. Si no estaba perfumado, si con el puro olfato no sentía uno la fruta entre los dientes, aún no estaba listo para otorgarnos su secreto.

—Lo mismo sucede con los amores —decía—. Hay que olerlos bien antes de probarlos.

* * *

La primera caja que yo tuve en la vida me la regaló un mediodía don Julián Dib. Un hombre cuyo estómago grande y tenso era como una prueba de su fe en los placeres y en la vida. Fumaba unos puros oscuros que soltaban su aroma por todo el comedor a la hora del postre. La caja era justo una caja de puros cubanos. Su hija era mi amiga del colegio, su regalo fue el principio de una larga adicción.

* * *

Cuando Elena entró a tercero de primaria tenía nueve años y nunca antes había ido a la escuela. Tuvo durante su primera infancia una maestra para ella sola en la sala de su casa. Yo no sabía si eso era envidiable o penoso. Llevaba siempre unos moños blancos con puntos rojos en el extremo de cada trenza, y sonreía con timidez. Le tocó sentarse en la fila de atrás. Su pupitre quedaba justo a mis espaldas. Un día me tocó el hombro y me invitó a comer a su casa. Los demás días, me di por invitada, hasta la fecha. No tengo una amiga más antigua, y por eso la culpo de mi vieja tendencia a fantasear imposibles.

* * *

Mi mamá era sosegada y metódica como el Ave María. Ahorrativa y dudosa, apasionada y contumaz. Eramos cinco hermanos y no íbamos todos a sus compras y quehaceres. Cuando yo conseguía colarme a una de sus expediciones por el centro de la ciudad, terminábamos el recorrido en una mercería oscura y diminuta por cuyas paredes se acomodaban sin espacio ni tregua toda clase de pequeños tesoros. Se llamaba *La Violeta*, sus dueños vendían hilos y botones, alfileres y pasadores, listones, broches y juguetes de a peso. No sabía mi madre, no sé si lo dije alguna vez, la feria de emociones que era entrar de su mano a *La Violeta*.

* * *

Verónica, mi hermana, tenía un gato al que le ponía gorro y le daba su leche en mamila, lo sacaba a pasear en el carrito de las muñecas y lo sometía al tedio de fingirse bebé. Luego, lo soltaba para que de noche se fuera a buscar parrandas tras la barda del jardín. Era una creatura doble el gato aquel, y ella supo siempre tratar con sus dos lados. Para mí, entender todo ese cambio de personalidades, era de una dificultad inalcanzable.

* * *

Mis hermanos jugaban fútbol, hablaban de fútbol, veían el fútbol, tenían álbumes de fútbol y admiraban a un portero al que llamaban la Tota Carvajal. Al principio de los partidos el más chico caminaba hasta el centro de la cancha y se hincaba a persignarse con una devoción de misionero. Quince minutos después de iniciado el partido lo expulsaban por insultos al árbitro.

Los viernes de Dolores eran todo un acontecimiento. Se ponían altares con botellitas de agua coloreada y mandarinas con banderas oro, sobre manteles púrpura tamizados con las figuras en blanco de papel picado. Se colocaba en el centro del altar a una virgen con el corazón clavado por siete espadas que significaban siete dolores. Y bajo semejante representación de lo trágico, en el colegio rezábamos el rosario y al terminar las maestras nos servían agua de jamaica. Para tan simple ceremonia cada quien tenía que llevar un vaso con su nombre del que nunca se desprendía. Y aunque ahora no puedo creerlo, tan breve y simple ceremonia era todo un acontecimiento. Me pregunto a qué se debería, y supongo que al hecho de que los días en el colegio fueran tan legítimamente idénticos uno al otro. Así las cosas, no recuerdo a nadie quejándose de tedio.

* * *

Yo era la encargada de contar historias durante la clase de costura. Pero no fue por eso que siempre iba atrasada en mi labor, sino porque la lengua siempre le ha ganado a mis manos. Aun cuando estoy callada, trabajo más rápido con ella que con las manos. Por eso encimo las palabras y me como las letras al escribir a máquina. Sin embargo, he tachado más veces de las que destejí, y he debido callarme más veces de las que bordé. Nunca aprendí a coser como se debe, pero la clase de costura tenía una paz de agua endulzada que jamás he conseguido mientras escribo.

* * *

Caminaba apoyándose sobre su carro de madera pintado de verde, y arrastrando una pata de palo. Tenía la piel rojiza y los cabellos de un blanco amarillento. Su grito era un incendio a media tarde. Vendía nieve de limón en barquillos de a quince y veinte centavos. Lo llamábamos *Satuno Posale*, pero así no se llamaba, nunca supimos cómo se llamaba. No tenía tiempo de conversar porque nuestra casa quedaba a sólo tres calles de su destino final, *El gato negro*, una pulquería rodeada de moscas de la que salía sin recato un olor ácido que desde siempre confundo con la desolación. Pasaba por nuestra esquina y ahí se detenía justo el tiempo que tardaba en alcanzarnos la fiereza inalterable de su grito. Sólo vendía nieve de limón. Una nieve tersa y blanda como no he vuelto a sentir otra. No era agria, porque estaba hecha con el té de una yerba a la que mi suegra llama *zacate limón*. Su carro como el último vestigio de una cultura en extinción, su cuerpo mermado, su voz de cohete, nos esperaban el minuto justo que tardábamos en bajar. Luego, reiniciaba su caminata hacia la gloria, y se perdía en la cantina desde las cinco de la tarde hasta que la cerraban.

* * *

Martha Alicia Pérez tenía la cara redonda y la nobleza inundándole un par de ojos claros. A los ocho años, la perturbaba con frecuencia el malestar provocado por la condición indescifrable de los misterios. Más que ningún otro, el de Santísima Trinidad, un solo Dios con tres personas distintas. *Uno en esencia y trino en persona.*

Una tarde, durante la clase de Ciencias, pidió la palabra como si un rayo de sabiduría la hubiera tomado de repente y no pudiera guardarse la dicha de su lucidez un segundo más. La maestra le concedió la interrupción preguntándole a qué se debía:

—Es que ya entendí el Misterio de la Santísima Trinidad —anunció sofocada.

—Dinos cuál es —le pidió la maestra como si ambicionara en ella la voz del Espíritu Santo.

—¡Cabeza, cuerpo y extremidades! —contestó Martha Alicia apresurándose a derramar sobre nosotros la luz de su descubrimiento.

Interrumpiendo el jolgorio de nuestras risas, la maestra se levantó de la silla frente a su mesa de trabajo, caminó en silencio hasta el centro del salón y dijo con la solemnidad de un obispo:

—En todo lo que se refiere a misterios, incluidos los de la familia y la Historia Patria, aprendan a quedarse con la explicación del catecismo: son asunto de fe. Se creen o no. Creerlos es un don, un privilegio de elegidos.

Nunca imaginé, en la paz de aquella tarde, que tal don podía perderse. Sin embargo, cuando quiero lamentar la pérdida, recuerdo la dicha en los ojos de Martha Alicia y la invoco como a un sortilegio: Todos, alguna vez, nos sentiremos dueños del misterio.

* * *

Nos daban un peso los domingos. Alcanzaba para diez chicles de a diez, en la tienda de don Silviano el de la esquina. Alcanzaba para quince botellitas de azúcar, rellenas de azúcar perfumada. Alcanzaba para cinco sobres de *larines,* para cuatro paletas heladas, para siete giros de ruleta en el bote del hombre que daba barquillos a cambio de números. Alcanzaba para muchas cosas, pero nunca para guardarlo. Verónica mi hermana lo regateaba mejor que todos nosotros, pero terminaba por acabársele, como a los demás. Entonces merodeaba en torno a mi madre, que era la administradora absoluta y temerosa de las quincenas que con toda y grapa le entregaba su marido, y empezaba un litigio de *dames* y *para qués* por cuya luneta yo hubiera pagado mi siguiente domingo, de haber sido necesario. Una mañana, a punto de salir rumbo a la escuela, metida en su uniforme de cuadritos, con su corta melena humedecida y sus ojos alertas, Verónica respondió al primer para qué de mi madre, con la voz ronca y contundente de sus ocho años: "Para sentirme segura de bolsillo".

* * *

Don Carlos Mastretta tenía dos trajes, seis corbatas, un par de zapatos cafés y uno de negros, una lupa, una pluma fuente que llenaba con tinta verde, una máquina de escribir en la que encontraba complicidades los domingos, una memoria de la que no hablaba, otra con la que cantaba unas canciones tristísimas cuya letra no entendíamos y no quisimos entender jamás. Cuando el *domingo* se acababa en miércoles y uno se acercaba a pedirle un guiño a su cartera, él hurgaba en la bolsa de su pantalón y nos la daba completa. Ya lo sabíamos, la llevaba siempre vacía. Una vez, tras revisarla en busca de una fortuna que no encontré, me quedé mirando a mi padre, y él percibió en mi expresión demorada un atisbo de incredulidad. Entonces, sin decir una palabra, fue volteándose hacia fuera, una por una, las dos bolsas laterales de su pantalón, las dos bajas de su saco, la ranura interior de un costado, y la bolsa trasera de su pantalón. Los pedacitos de tela blanca colgaban vacuos y desfallecientes, dándole a su figura un aspecto entre desolado y burlón: "Esto tengo, pero de todos modos, podemos bailar", dijo con una gota de luz en sus ojos oscuros que a veces aparece, torera y embaucadora, entre los párpados de mi hijo.

* * *

En la casa de mi amiga Elena había un fresno cerrándose sobre medio jardín. Nos subíamos ahí como gatos en busca de parranda. Y pasábamos buena parte de la tarde montadas en las ramas, hablando cosas que ya no recordamos. Hasta que oscurecía y la luz entre las hojas empezaba a bajar azul plúmbeo, como una aura sobre nuestras palabras. Perdimos la costumbre de encaramarnos a los árboles, pero el viento de la noche todavía cobija nuestras largas conversaciones, porque así como se pierden las habilidades, con el tiempo se intensifican los aprietos que uno conjura conversando hasta que oscurece.

* * *

Siempre quise llegar a quinto año de primaria para ser alumna de la señorita Irma. Porque la seño Irma era una mujer recia, cuyos ojos inteligentes no eran temibles. Tenía una voz contundente y vivaz, unos pechos grandes y firmes, unas piernas fuertes que no se depilaba, y que llevaba siempre subidas a un par de tacones muy altos. Ahora que la evoco, sé que por encima de todos los atributos que yo le concedía, era una mujer sensual. Y entre el cortejo de solteras irremediables que hacía el plantel, resultaba extraña. Cuando por fin llegué a quinto año, la seño Irma fue nuestra maestra por dos meses y un buen día no volvió a la escuela. Nadie nos dijo la razón de su ausencia y al poco tiempo nos pusieron otra maestra. Yo todavía guardo su desaparición como un agravio, pero ella hizo bien yéndose con su novio a mejor puerto que nosotros.

* * *

En nuestro colegio, el prócer don Benito Juárez no era considerado tal. Era, estaban de acuerdo, un pastorcito con el mérito de haber llegado a presidente de la república, pero después de tal mérito no nos daban a su favor más que una colección de historias en torno a cómo se quemaba en el infierno y otra en torno a la sinrazón de los méritos con que se empeñaba en adornarlo el gobierno. Para efectos prácticos, nosotros sabíamos dos versiones de su vida, una para escribirla en los exámenes que la escuela tomaría en cuenta para calificarnos, y otra para ponerla en los exámenes escritos en papel revolución que la Secretaría de Educación Pública mandaba para revalidar nuestros estudios. Ahora, aún hay quien se queja de mi doble banda. Pero yo, que sé de dónde vengo, estoy segura de que, en lo que a ese defecto se refiere, he superado lo imposible.

* * *

Mi mamá, que a la fecha se solidariza con todas las causas olvidadas por el mundo, organizaba posadas para los presos. Mientras fuimos niñas pasábamos dos días de las largas vacaciones de invierno llenando las bolsas que serían el aguinaldo de los doscientos hombres encerrados en el edificio de la vieja penitenciaría, hoy convertido en Casa de Cultura. Había que poner en cada una dos tortas, unos dulces, un paliacate y tres paquetes de cigarros *Tigres*. Luego ella y sus compañeras de iniciativa, las iban a entregar. Una vez me llevó a acompañarla. Me dejó encargada con alguien antes de cruzar la reja y desde ahí la vi hundirse en una marea de cuerpos oscuros arrebatándole bolsas. No me cupo la duda: una chispa brotada de la hoguera que consumió a Juana de Arco, tenía encendido su corazón.

* * *

Cuando Margarita llegó a nuestra casa yo tenía seis años y ella diez más. Margarita tenía un cuerpo robusto y una cara de luna cruzada por la fuerza de dos ojos capulines. Tenía las mejillas más sonrojadas que he visto y una fuerza en los brazos que envidié desde entonces y hasta la fecha, y que no he conocido jamás en ninguna mujer. Sonreía con la timidez de una niña soltada a su destino a los cuatro años, venía de un pueblo que se llama Quecholac, cuya riqueza máxima era el polvo blanquizco que corre por el abandono de sus calles. Margarita se quedó a trabajar en nuestra casa, y eso hacía. No la recuerdo quieta, estaba siempre yendo de un lado para otro y en tres años aprendió a cocinar con la soltura y la precisión de su maestra. También se hizo de un novio. Se llamaba Juan y era moreno, alto y adorable. Al menos ella dio en adorarlo. En las tardes caminaban la calle de arriba para abajo, luego él la acompañaba hasta la puerta. Ahí se besaban protegidos por un colorín junto a la escalera, se besaban con un furor y unos ruidos que hacían temblar la curiosidad ayuna y ávida con que yo los espiaba. Yo no sabía del amor sino historias que nada tenían que ver con esas avideces y en las que dejé de creer al frecuentar el noviazgo de Márgara. El amor era eso que a ella la movía, y ninguna otra cosa más que eso. Un anochecer entró de su encuentro con Juan, llorando como ya no lloraban ni mis hermanos menores. Toda su cara encendida y mojada se refugió en la cocina. Nadie se atrevió a preguntarle qué había pasado. ¿Por qué volvía de su incendio cotidiano con la intención de apagarlo en lágrimas? Al día siguiente no le puso azúcar al agua de limón, ni sal a la sopa, ni yerbas de olor a la carne. Y nadie dijo nada. Mi mamá sabía qué le pasaba, pero tampoco dijo nada. Decidí que debía hacer una expedición nocturna hasta la puerta de su recámara, porque ahí de seguro se lo contaría sin más a mi padre la vergüenza de Márgara, el dolor de Márgara, las lágrimas y lágrimas que Márgara había estado soltando durante todo el día.

—El novio le pidió que se fuera con él sin casarse —dijo mi madre.

—Pobrecita —contestó mi padre.

Yo seguí sin entender mucho. Juan no volvió. Unos años después, en la vida de Márgara apareció un taxista gordo, casado, plomizo. Con ese, que ni siquiera estaba por completo

disponible, que no era guapo ni fuerte, se fue Margarita sin
soltar una lágrima.

* * *

Mis primos los Escalera, tenían un jardín en las afueras
de la ciudad. Un jardín muy grande en el que su padre culti-
vaba alcachofas, sembraba flores, hizo un campo de fútbol
para los niños y una casita de piedra para las niñas. Era una
casa como las de los cuentos, con sus escaleritas de madera
y su altillo, con su balcón y su puerta dividida en dos, con su
chimenea diminuta y ningún baño. Era para jugar, pero nosotros inventamos que también podía ser para quedarse a
dormir. No vivíamos en un mundo permisivo y audaz, sin
embargo nuestras madres nos daban algunos permisos audaces, sin darse cuenta siquiera de que lo eran. Cuatro niñas
pasando la noche en un terreno sin luz eléctrica, en las afueras de la ciudad. Un terreno que sólo vigilaba Don Casiano,
un peón callado y enigmático del que no conocían mucho
más que el nombre. Nunca temieron al dejarnos ahí, prácti-
camente solas y a la posible merced de quien quisiera. Dice
mi madre que eran otros tiempos. Se lo creo. Pero desde esos
tiempos, a las amigas no las dejaban quedarse con nosotros.
Eran noches de primas, noches para las hijas de las tres hermanas Guzmán, que aunque no lo sabían, eran más libres y
menos temerosas que el mundo en que creyeron.

* * *

Los volcanes estaban ahí siempre, como el cielo y la tierra, como la catedral y el zócalo. El nueve de octubre de
1949, en una expedición a escalarlo, murieron dos personas.
Yo nací ese día y debo tener en un hueco del inconsciente, la
memoria precisa de tal expedición. Debe ser por eso, que así
como no le temo al mar, porque no nací cerca de las histo-

rias de horror que lo rodean, no trato a los volcanes sino de lejos. Dicen que el mar se traga a las personas, que muchos no vuelven de su encuentro con él, que es ruin, implacable y misterioso. Eso mismo digo yo de los volcanes. Están ahí para mirarse, para preguntarles cosas: ¿Cómo era el mundo cuando ellos despertaron? ¿Qué pensaban los aztecas? ¿Qué odio lloraban sus enemigos? ¿Qué ambición y qué sueños rumiaban los españoles que los pisaron por primera vez? ¿Qué hay de cierto en la leyenda de sus amores? Están ahí para contarnos victorias secretas y guerras desconocidas, pero no para transgredir la soledad de sus cumbres. Porque así como saben del mar quienes nacieron acunados por su música, sabemos que son arduos los volcanes quienes nacimos bajo el silencio implacable de sus cúspides.

Más allá de la palma
de mi mano

T al vez los sueños que más conmueven nuestro ánimo, son aquellos que se cumplen antes aún de que la vida los haya hecho cruzar por la incierta telaraña en que los tejemos. Digo esto con una prueba entre las manos. Llegué a la Facultad de Ciencias Políticas y Sociales, a principios de 1971, mucho antes de haberla soñado como la tierra de promesas cumplidas que sería. Tres meses antes, la UNAM era para mí una entelequia remota, a la que asistían algunas de las compañeras con las que mis hermanas y yo compartíamos la casa de estudiantes que albergaba nuestra joven y despiadada curiosidad. Nosotras estábamos inscritas en la Iberoamericana, al igual que nuestros hermanos, nuestros primos y nuestros probables e improbable novios. Acudir a la Ibero desde Puebla era ya suficiente audacia, a nuestro mundo no se le hubiera ocurrido aconsejarnos ir a ningún sitio más inseguro que ése. Pero mi fortuna estaba más allá de la palma de mi mano. Así que llegué a la UNAM dos años después de haber terminado la preparatoria y tras abandonar una tras otras, sin tregua ni recato, varias carreras hacia ninguna parte. Había pasado un mes, seis, dos o tres días por el inicio de profesiones tan disímbolas como la sociología, el cuidado familiar, la filosofía y la contaduría. Para mi corazón estaba claro que en ninguna de aquéllas tendría futuro, pero mi cabeza era un abismo de confusiones apta según las pruebas vocacionales para muchas cosas y según las pruebas diarias para ninguna en claro.

La mañana en que llegué a la Facultad de Ciencias Políticas, tras obtener el ingreso a la UNAM en un examen que para mi desazón tuvo lugar en una escuela inmensa con la que di tras varias horas de diversos trolebuses y camiones. Corría —según yo— una aventura, aunque el jardín en el centro de la pequeña escuela estuviera iluminado por un sol transparente y el aire oliera a intimidad y convento. Había sin embargo, recuerdo, una cerrada algarabía dentro de la que todo el mundo iba moviéndose hacia donde debía con la naturalidad de los peces.

El salón número uno recibía en su panza inclinada a los grupos más grandes, y todos los grupos de primer semestre eran grandes como la concurrencia de un teatro. Los tardíos adolescentes que conocí aquella mañana tenían en común la edad y la incierta voluntad de trabajar en los medios de comunicación, que entonces, quién la diría, estaban aun más de moda que ahora. Sobre todo porque entonces parecían la tierra de la gran promesa. Ahora ya se sabe que de todo el glamour participan unos cuantos y que quienes estudian la carrera de comunicación tendrán que trabajar con algo más que una sonrisa y un micrófono. Todos queríamos en apariencia lo mismo, en lo demás éramos un grupo acaudalado en diferencias. Yo era una mensa a quien sólo salvaba su curiosidad, pero tenía compañeros que llevaban cinco años de ganarse la vida, compañeros que parecían saberse el mundo de antemano y predecirlo al dedillo, compañeros que a su decir sobrevivieron a la Plaza de las Tres Culturas el dos de octubre del sesenta y ocho, compañeras que habían perdido la virginidad a los catorce, compañeras vírgenes y políticamente incorrectas que sabían disimular como reinas los defectos de ingenuidad y falta de mundo que en aquel salón se consideraban una penuria imperdonable. Tenía compañeras recatadas y compañeros mariguanos, tenía un mundo completo en el que hurgar que me conmovió desde el primer día. Del primer día recuerdo más que nada a mis compañeros; de los demás, de cada día durante los siguientes años fui obteniendo riqueza que no podré retribuirle jamás a la generosa y nunca bien pagada universidad. No sé a quién se le ocurrió llamarla "Alma Mater", cuando uno es joven semejante apelativo le suena cursi, hueco. Con el tiempo, se acaba sabiendo aunque no se diga ni con vehemencia ni con asiduidad, que algo en nuestra índole está marcado para siempre por los años y las tardes que pasó en la facultad. No sé los demás, yo aprendí en meses cosas que me cambiaron la vida para siempre. No sólo las cosas que era deber de la institución enseñarme —cómo escribir, cómo entender lo que otros escriben—, sino las que por azar o por destino me cayeron cerca.

* * *

Eramos unos diez compañeros, estábamos escondidos en un salón vacío, muertos de risa y pánico, tragándonos el ruido, atisbando por la rendija de la puerta el paso de Froylán López Narváez, el maestro de Teoría de la Comunicación I. La clase anterior nos había dejado leer dos capítulos de un libro de Eduardo Nicol y tras hacerlo, responder a cinco preguntas que él tuvo a bien dictarnos desde antes. Pero no entendimos nada, ni el capítulo, ni las preguntas. Pasamos la mañana preguntándonos unos a otros sin dar con un atisbo de respuesta. Decidimos no acudir a la clase. Le teníamos terror a la lengua desatada de Froylán, y pensamos que seguramente alguien iría. Sobre ese alguien tendría que caer la ira del maestro y ese alguien nos explicaría qué fue del ser y el devenir, del caos y el cosmos. Pero Froylán López Narváez llegó al salón y lo encontró vacío.

—Seguro no hubo nadie. Ahí viene de regreso —dijo David que era bueno como un santo y quería ser intelectual.

—Déjame ver —pedí yo robándole un pedazo de rendija.

En efecto, Froylán venía por el pasillo, con las manos atrás, el bigote adelante, los ojos diminutos, la nariz grande y perspicaz. Cuando pasó con ella frente a la puerta yo abrí y empecé a hablar como tarabilla sobre las mil dificultades de Nicol y sobre la imposible redacción de sus preguntas. Sentía a mis espaldas el horror de los únicos diez entre mis compañeros que se habían quedado a verlo llegar.

—¿Se puede saber qué hacen aquí espiando? —preguntó López Narváez más puesto que nunca en su carácter de ogro.

—Estamos pensando en cómo decirle que no entendimos —dije yo para acabar de decir estupideces.

—¿Qué les parece si se dedican a pensar en cómo entender? —preguntó López Narváez a quien aún no entendemos del todo, pero que para muchos sigue siendo uno de los más queridos maestros.

* * *

Gari tenía el pelo claro y lacio de los rancheros michoacanos. Estaba tocado por una frescura extraña. Tenía un volkswagen viejito pero bien cuidado en el que le daba aventón a todo el que cupiera y fuera derecho por Insurgentes hacia el centro. Yo era de ésas. Cómo le agradecí entonces las veces que me ahorró el camión apretadito y destartalado, cómo se lo agradezco aun ahora. Me divertía con sus frases y su espíritu indómito.

—¿Tú por qué estudias periodismo? —le pregunté muy al principio, durante los días en que yo preguntaba para contestarme.

—Yo para tener de qué hablar con mis clientes —me contestó.

Gari trabajaba cortando el pelo en una cadena de peluquerías que era de sus primos. Me asombró. No estudiaba para cambiar su destino sino para afianzarlo. Sin embargo con él, como con todos, el destino y la audacia jugaron a su antojo.

Gustavo Sáinz nos daba clase de Redacción Periodística IV. Un día llegó al salón con su montón de tareas corregidas y preguntó por mí. Temblé. Quedó de hablar conmigo al terminar la clase. Sus clases me divertían, estaban llenas de historias arrasadoras y de sentencias extravagantes. Iban de la poesía barroca a la máquina para orgasmos que inventó Wilhem Reich. Se me olvidó el temor. No lo recuperé sino hasta el momento en que me llamó. Intentaba yo escapar con la boruca en que todo el mundo corría a la siguiente clase.

—Estás equivocando la carrera —dijo Sáinz extendiendo mi tarea.

"Otra vez", pensé yo. De ningún modo, primero muerta que abandonar otra carrera.

—Este reportaje lo inventaste. Y está bien inventado —dijo riendo.

Llevaba yo tres semestres de inventar con éxito las notas informativas, las entrevistas y los reportajes. Los demás maestros no me habían descubierto. Ahora sé a qué se debía. No estaban en el secreto. No tenían por qué saber que los grandes mentirosos son malos periodistas, pero pueden derivar en escritores. Gustavo Sáinz lo sabía. De qué manera lo sabía el muy mentiroso.

* * *

La clase se llamaba Periodismo y Literatura. Nunca he oído a nadie hablar con la pasión por Tolstoi que tenía nuestro barbado y enfático maestro. Esa mañana, viéndolo caminar de un lado a otro del salón como un iluminado estuve segura de que debía invertir parte de mi primer salario en la compra de *La guerra y la paz*. Después, mientras leía en las noches y las tardes del domingo, me encontré varias veces un ruso imponente al que era perfecto imaginar con la estampa completa de Hugo Gutiérrez Vega.

* * *

El comité de lucha de la Facultad tenía las paredes oscuras y un mimeógrafo del que salían a todas horas volantes mal impresos que daban cuenta de las huelgas y las luchas dispersas por el país como el confeti por el país de los primeros setenta. Yo tomaba todos y cada uno de los que ofrecían mis ilusionados y furiosos compañeros. Extendía la mano con la culpa de no ser uno de ellos y la confianza de quien vive con ellos. Tenía una pequeña columna en el periódico *Ovaciones*. Ahí escribía todo lo que la vida me iba poniendo enfrente. Una vez resumí en un artículo la información que obtuve del mimeógrafo del Comité en una tarde.

Al día siguiente me llamó el director del periódico y exigió que le dijera mis fuentes. Yo me hice la interesante. Me negué. El respondió que el mismísimo Secretario de Trabajo aseguraba que mi nombre era un invento del periódico para golpearlo con información secreta sólo conocida en una oficina de Los Pinos. Yo me reí. Guardé mis fuentes. Me sigo riendo.

* * *

Encontré a Concha Ortega en la última clase del último semestre. Se trataba de aprender a formar un periódico. Había que medir cuadratines y pensar diseños. Ambas nos aburríamos como si previéramos que de nada serviría todo eso en la época de las computadoras. Aunque por supuesto no lo preveíamos. La cibernética, entonces, nos parecía lo más destacado y remoto de la ciencia ficción. Conversando bajo la voz del maestro, nos hicimos tan amigas que ha dado tiempo de que la cibernética le dé alcance a nuestra larga y estupefacta amistad. No podríamos ser más distintas, no podríamos habernos encontrado sino en la Facultad.

* * *

La bendita facultad dio para todo. Para una morena cuyo cuerpo hacía temblar por igual a maestros y alumnos, para una rubia que se había impuesto el atuendo de una monja laica y cumplía con rigor su trabajo de ángel junto al mimeógrafo, para un maestro que ligaba recitando a Marx con entonación de poeta místico y uno empeñado en recordarnos que los niños eran un invento de la canija burguesía. Dio para entender el amor y la barbarie, para una sorpresa tras otra, para descuartizar la fe de un monje y concebir la de un pagano. Dio para crear villanos y para reconstruir héroes y dio gente empeñada en pensar la verdad como una mezcla de verdades, el acuerdo como una consecuencia del respeto, la tolerancia como una virtud, la duda como la más ardua y sensata de las virtudes. Dio para cumplir los sueños que nunca soñamos y para sembrar los que aún no cumplimos.

El mundo iluminado

A veces, la vida nos reta con el fin de saber si tendremos la fortaleza necesaria para recibir su generosidad con sencillez. A mí me cuesta siempre más trabajo entender la sorpresa de una dicha que la justicia inmanente de las penas. Me enseñaron que se necesita valor para enfrentar la desgracia y que es virtud ponerle buena cara al mal tiempo. En cambio, no hay receta para aceptar las grandes alegrías.

Sé de qué tamaño es el privilegio que recibo con este premio,* quiero agradecerlo con la misma fuerza con que sé y acepto la responsabilidad que entraña. Quiero recibir este reconocimiento sin perder el deseo de confiar en mis dudas más que en mis dogmas, sin creer que traiciono a mi padre que murió mucho antes de que alguien comprendiera su pasión por las palabras, sin desertar de la paciencia con que tantos escritores han trabajado y trabajan desprovistos de la ambición de un premio y absteniéndose de maldecir a quienes los ganan. Quiero recibir este premio con el regocijo que produce

---

* Discurso pronunciado al recibir el premio de novela Rómulo Gallegos 1997.

un buen amor, no con la arrogancia de quien imagina una victoria.

Sé bien de la intensidad y la sabiduría de los escritores que me preceden en esta ventura y que antes me precedieron y aún me enseñan el valor y la tenacidad que se necesitan para entregarse a la febril aventura de hacer libros. Sé también, como lo saben ellos, que ha habido y hay otros cómplices de nuestras aventuras que merecen tanto o más la ventura de un premio.

Considero un privilegio el oficio de escribir como lo hicieron tantas mujeres y tantos hombres a quienes sólo rigió el deseo de contar una historia para consolar o hacer felices a quienes se reconocen en ella. De contar una historia para desentrañar y bendecir la complejidad de lo que parece fácil, la importancia de lo que se supone que no importa, de lo que no registran ni los periódicos ni los libros de economía, de lo que no explican los sociólogos, no curan los médicos, ni aparece como un peldaño en nuestro curriculum de la hazaña diaria que es sobrevivir al desamor, al momento en que nos sentimos más amados que ningún otro, a la maravilla de andar como vivos eternos aun cuando la muerte golpea a nuestra puerta, al delirio de quienes nos abandonan y al delirio con que abandonamos, a la decisión que más duele y menos se pregona, a la vejez y a la adolescencia, al mar y a los atardeceres, a la luna inclemente y al sol tibio.

Aun menos certeros que los geólogos, más empeñados en la magia que los médicos, los escritores trabajamos para soñar con los otros, para mejorar nuestro destino, para vivir todas las vidas que no sería posible vivir siendo sólo nosotros. Siempre he pensado que es suficiente recompensa un lector que asume las cosas que uno cuenta como las cosas que pudieron pasar. Tal vez por eso el premio Rómulo Gallegos, entregado a *Mal de amores,* esta novela cuyo aire me hizo sentir a resguardo mientras lo respiraba, me conmovió y me sorprende tanto.

No sé si las estrellas sueñan o deciden nuestro destino, creo sí que nuestro destino es impredecible y azaroso como los sueños. Por eso las mujeres y los hombres de nuestro tiempo aún temblamos cada mañana cuando el mundo se ilumina y nos despierta.

Hace tres siglos, Sor Juana Inés de la Cruz escribió el más grande de sus poemas para invocar la noche en que soñó que de una vez quería comprender todas las cosas de que se compone el universo. En cientos de versos a veces herméticos y siempre de una sonoridad gozosa, la poeta se describe dormida, volando, una y otra vez aferrada al intento de dibujar los secretos del mundo, sin conseguirlo ni cuando lo divide en categorías, ni cuando lo busca en un solo individuo. Por fin la ingrata noche se acaba y la luz del amanecer la encuentra desengañada y despierta.

Menos audaces que Sor Juana, más lejos de su genio que de su empeño, quienes tenemos la fortuna de encontrar un destino en la voluntad de nombrar el mundo, compartimos con ella el diario desengaño de no comprenderlo. Por eso escribimos, regidos por ese desencanto y convocados por una ambición que imagina que al nombrar el fuego, los peces, la cordura, el viento, el estupor, la muerte, conseguimos por un instante comprender lo que son.

De ahí que cada vez que abandonamos un libro creyendo que lo hemos acabado, despertemos a la zozobra de un universo milagroso cuya razón de ser no comprendemos. De semejante desamparo no nos libra sino la urgencia de inventar otro libro. Nos dedicamos a escribir un día con miedo y otro con esperanza como quien camina con placer por el borde de un precipicio. Ayudados por la imaginación y la memoria, por nuestros deseos y nuestra urgencia de hacer creíble la quimera. No imagino un quehacer más pródigo que éste con el que di como si no me quedara otro remedio. Por eso recibo este premio más suspensa que ufana.

Siempre he sabido que la fortuna fue generosa conmigo al

concederme una profesión con la que me gano la vida, mejoro mi vida y sobrevivo cuando la vida se vuelve ardua. No me hubiera atrevido a pedirle al destino ninguna otra recompensa a cambio de mi trabajo.

Globo en tierra

Nada tan irresoluble como los ojos de un niño vueltos hacia nosotros. No heredaremos a nuestros hijos ni la certeza ni la quimera de un mundo feliz. Tampoco es ése nuestro deber. Nacemos en un mundo injusto, en un mundo signado por la desigualdad y el abuso, en un mundo que a veces parece no tener remedio. Y a este mundo traemos a nuestros hijos con su mirada como un reto para el que no tenemos sino escasas respuestas.

Al empezar el año, un tío de mis hijos que no se conforma con la idea cada vez más común de que el mundo no tiene remedio, llevó a la reunión familiar un globo de esos a los que hay que prenderles fuego por dentro para hacerlos subir al cielo en medio del griterío y la euforia de quienes lo miran elevarse. Como llovía y el viento era un agravio, los niños y su milagroso tío no consiguieron que el globo abandonara la tierra. Quién sabe cómo, el papel de china que resguardaba el aire en torno a la llama encargada de alzar al globo, se dejó devorar por la lumbre. Entonces todos expresaron su desaliento con una queja a la que el tío respondió pateando la bola de fuego en que se había convertido el globo. "Si no puede subir al cielo, juéguenlo en la tierra", dijo. Los niños se lanzaron tras la pelota ardiente para golpearla de un lado a otro del patio en medio de la noche. A veces la bola corría sobre el piso trazando una raya de lumbre, otras se alzaba sobre las cabezas de los más pequeños y caía donde la alcanzaban los pies de uno de los mayores. Jamás en mi vida había presenciado un momento como ése. Bajo la lluvia, con el fuego como un juguete azaroso y efímero vi la felicidad como algo inevitable, casi como un deber y de seguro como un derecho.

Saber que en el mundo hay infamia, desdicha no nos releva de la obligación cotidiana de intentar que sea mejor. Esta certeza, tal vez antes que ninguna otra, nos toca transmitir a nuestros hijos. Si no contáramos con ella, no tendríamos respuesta para sus continuos interrogatorios, no sabríamos cómo contestar a la pregunta esencial de entre todas las que puedan hacernos: ¿por qué se te ocurrió traerme aquí?

Mil veces pueden faltarnos las respuestas a las mil preguntas de nuestros hijos. Lo que no podemos olvidar y es nuestro deber comunicarles es que cuando decidimos compartir con ellos la existencia estábamos aceptando uno que la vida es un tesoro que vale la pena y el júbilo, dos que el mundo, por más lleno de afrentas y pesares que lo encontremos, merece el diario afán de quienes creen que tiene remedio.

Indice

díscola

acertijo

desgustar

trebejos

comedido

cordura

acre

remilgo

devaneo

indole

desafuero

encono

aciago

arisco

halar

arredrarse

embaucar

resguardar

Esta edición se terminó de imprimir en
Industria Gráfica Argentina
Gral. Fructuoso Rivera 1066, Capital Federal
en el mes de marzo de 2001.